Né le 6 juillet 1972, Laurent Gaudé vit à Paris avec sa femme. Après des études littéraires de lettres modernes, il prépare une thèse en études théâtrales sous la direction de l'auteur et metteur en scène Jean-Pierre Sarrazac. En 1999, il publie sa première pièce, *Combat de possédés*. Sa seconde pièce, *Onysos le furieux*, est publiée et montée en juin 2000 au Théâtre national de Strasbourg. En 2001, il publie son premier roman, *Cris*, adapté au théâtre par le studio de la Comédie-Française avec une mise en scène de Michel Favory. Avec *La mort du roi Tsongor*, il se voit récompensé du prix Goncourt des lycéens 2002 et du prix des libraires en 2003. Son roman *Le soleil des Scorta*, dont l'action se situe dans les Pouilles, remporte le prix Goncourt 2004.

Eldorado

Du même auteur
aux Éditions J'ai lu

LE SOLEIL DES SCORTA

N° 8254

Laurent GAUDÉ

Eldorado

ROMAN

À mon père,
Ce livre que tu ne tiendras pas dans les mains
Je te l'adresse tout entier en pensée.

I

L'ombre de Catane

À Catane, en ce jour, le pavé des ruelles du quartier du Duomo sentait la poiscaille. Sur les étals serrés du marché, des centaines de poissons morts faisaient briller le soleil de midi. Des seaux, à terre, recueillaient les entrailles de la mer que les hommes vidaient d'un geste sec. Les thons et les espadons étaient exposés comme des trophées précieux. Les pêcheurs restaient derrière leurs tréteaux avec l'œil plissé du commerçant aux aguets. La foule se pressait, lentement, comme si elle avait décidé de passer en revue tous les poissons, regardant ce que chacun proposait, jugeant en silence du poids, du prix et de la fraîcheur de la marchandise. Les femmes du quartier remplissaient leur panier d'osier, les jeunes gens, eux, venaient trouver de quoi distraire leur ennui. On s'observait d'un trottoir à l'autre. On se saluait parfois. L'air du matin enveloppait les hommes d'un parfum de mer. C'était comme si les eaux avaient glissé de nuit dans les ruelles, laissant au petit matin les poissons en offrande. Qu'avaient fait les habitants de Catane pour mériter pareille récompense ? Nul ne le savait. Mais il ne fallait pas risquer de mécontenter la mer en méprisant ses cadeaux. Les hommes et les femmes passaient devant les étals avec le respect de celui qui reçoit. En ce jour, encore, la mer avait donné. Il serait peut-être un temps où elle refuserait d'ouvrir son ventre aux pêcheurs. Où les poissons seraient retrouvés morts dans les filets, ou maigres, ou avariés. Le cataclysme n'est jamais loin. L'homme a tant fauté qu'aucune punition n'est à exclure. La mer, un jour, les affamerait peut-être. Tant qu'elle offrait, il fallait honorer ses présents.

Le commandant Salvatore Piracci déambulait dans ces ruelles, lentement, en se laissant porter par le mouvement de la foule. Il observait les rangées de poissons disposés sur la glace, yeux morts et ventre ouvert. Son esprit était comme happé par ce spectacle. Il ne pouvait plus les quitter des yeux et ce qui, pour toute autre personne, était une profusion joyeuse de nourriture lui semblait, à lui, une macabre exposition.

Il dut se faire violence pour se soustraire à cette vision. Il continua à suivre, un temps, le flot des badauds, puis il s'arrêta devant la table de son poissonnier habituel et le salua d'un signe de la tête. L'homme, immédiatement, saisit son couteau et coupa une belle tranche d'espadon, sans dire un mot, tant il était habitué aux commandes de son client. C'est là que le commandant sentit pour la première fois sa présence. Quelqu'un le regardait. Il en était certain. Il avait la conviction qu'on l'épiait, que quelqu'un, dans son dos, le fixait avec insistance. Il se retourna d'un coup mais ne vit rien d'autre, dans la foule, que les badauds qui avançaient à petits pas. Il croisa certains regards. Des hommes et des femmes s'étaient tournés vers lui mais ce n'était pas cela. Ceux-là l'observaient parce qu'il s'était retourné brusquement et que la célérité de son geste était étrange dans le mouvement lent de la foule. Le poissonnier, lui-même surpris par le geste de son client, lui lança, en lui tendant sa tranche d'espadon enrobée dans un sac plastique : « Alors commandant, on s'est fait caresser par un fantôme. » Il dit cela sans rire. Comme une chose possible, et le commandant, ne sachant que répondre, se pressa de payer, pour pouvoir disparaître.

Il marcha encore un peu dans le labyrinthe des rues empuanties, respirant, avec bonheur, l'odeur de la mer qui montait de partout.

Il retrouvait avec joie les bruits du peuple de la rue mais, au cœur de cette foule compacte, sa solitude devenait plus oppressante qu'à l'ordinaire. Il s'était séparé de sa femme quatre ans plus tôt. Elle vivait maintenant à Gênes. Il repensa à elle. Et comme à chaque fois, il se demanda ce qu'il se passerait s'il lui prenait l'idée de lui téléphoner. Elle était partie depuis trop longtemps pour qu'il puisse espérer – ou même vouloir – la reconquérir. Non, c'était simplement appeler pour vérifier qu'elle était là. Bien là. Qu'elle avait toujours la même voix. Et qu'elle pouvait encore reconnaître la sienne. Que tout n'avait pas disparu, ou définitivement changé. Oui, décidément, il était seul. Le fils de plus personne. Ni père, ni mari. Un homme de quarante ans qui mène sa vie sans personne pour poser un regard dessus. Il allait persévérer dans l'existence, réussir ou échouer sans que nul ne hurle de joie ou ne pleure avec lui.

Il déambulait dans les rues du marché, ressassant ces idées, lorsque, tout à coup, il eut à nouveau le sentiment qu'on l'observait. Il sentait le poids d'un regard dans son dos. Il en était certain. Il le sentait peser sur ses épaules. Cette fois, il ne se retourna pas. Il réfléchit. Des pickpockets avaient peut-être entrepris de le filer. C'était fréquent dans les ruelles du marché. Si c'était le cas, le mieux était de leur montrer qu'il se savait suivi, et qu'ils n'auraient pas pour eux l'avantage de la surprise. Il tourna alors la tête, le plus calmement possible, pour défier la violence si elle se présentait. Il fut saisi d'étonnement.

À quelques mètres de lui, une femme le regardait. Elle était immobile. Le visage sans expression. Ni demande. Ni sourire. Tout entière dans l'attention qu'elle lui portait. Il fut frappé par la volonté qui émanait de cette immobilité et de ce calme. Elle le regardait comme on fixe un point lointain que l'on veut atteindre. Il essaya de sourire mais n'y parvint pas tout à fait. Il ne savait que penser de cette présence. « Voilà que les femmes me regardent, se dit-il. Et moi qui m'imaginais déjà avoir à me battre. » Puis il reprit sa marche et n'y pensa plus.

Il quitta les ruelles engorgées du marché en laissant le soleil scintiller sur les toits et les pavés de Catane. Il quitta les ruelles du marché sans s'apercevoir que la femme, comme une ombre, le suivait.

Plus tard, dans l'après-midi, il se mit à pleuvoir. L'Etna se penchait sur la ville de toute la menace de son ombre. Le commandant Piracci décida de sortir à nouveau. Il était en permission depuis deux jours et n'avait pas encore eu le temps d'aller rejoindre son ami Angelo. Lorsqu'il était à Catane, c'était la seule personne qu'il voyait avec avidité. Angelo était âgé d'environ soixante ans. C'était un homme petit, au corps maigre mais au visage racé. Ses cheveux blancs et ses yeux bleus lui donnaient un air de marin alors qu'il n'avait jamais pris la mer. Il avait travaillé comme ingénieur toute sa vie, puis, lorsque l'âge de la retraite était venu, il avait acheté avec ses économies le petit local de la piazza Placido pour vendre des journaux. C'est là que Salvatore Piracci l'avait rencontré. À force de lui acheter tous les matins la presse, ils avaient fini par discuter. Piracci était le genre d'homme à être distant avec ses amis mais chaleureux avec les inconnus, si bien qu'Angelo en avait vite su plus sur lui que la plupart de ses proches.

Après avoir boutonné son imperméable, il poussa la porte de l'immeuble. C'est là qu'ils se trouvèrent à nouveau face à face. Salvatore Piracci se figea. Elle était là. Dans la même immobilité que la dernière fois. Le même visage têtu et les mêmes yeux grands ouverts qui semblaient vouloir happer le ciel. Il s'arrêta net. Il ne savait que faire. Il eut le temps de penser qu'il s'agissait peut-être d'une folle. Mais son visage, insidieusement, lui disait quelque chose. C'était très lointain et confus. Il la contempla pour tenter de trouver dans ses traits un souvenir enfoui mais n'y parvint pas. Elle n'était pas dénuée de beauté. Une femme brune. A la peau mate. Les yeux noirs et le visage émacié. Tandis qu'il l'observait, elle rompit le silence :

— Vous ne me reconnaissez pas, commandant ? demanda-t-elle.

Elle avait parlé avec un accent prononcé – turc peut-être – mais sans aucune faute. Salvatore Piracci ne savait que répondre. Il était incapable de dire qui était cette femme mais il sentait qu'effectivement il ne la voyait pas pour la première fois. Il savait qu'il ne la reconnaîtrait pas sans un peu d'aide et il pressentait que lorsqu'elle lui serait révélée, son identité allait lui causer un choc. « Où l'ai-je vue ? » pensa-t-il en tentant, dans la panique, de faire défiler toute sa vie en son esprit. Mais elle ne lui laissa pas le temps de chercher davantage. Elle sortit de sa poche un vieux portefeuille de cuir noir et en extirpa une coupure de journal qu'elle lui tendit. Il la regarda avec une sorte d'appréhension. Il sentait que le moment de la surprise était proche. Lorsque ses yeux tombèrent sur la photo de l'article découpé, il entendit la voix de la femme qui ajoutait – comme pour l'accompagner dans l'émergence de ce souvenir : « Le *Vittoria*. 2004. »

Le commandant Piracci n'eut pas besoin de lire l'article. Tout lui revint en tête. Le *Vittoria*. Oui, il se souvenait. C'était le nom d'un navire qu'il avait intercepté au large des côtes italiennes. Un bateau rempli d'émigrants. Des centaines d'hommes et de femmes qui dérivaient depuis trois jours.

Lorsque les marins italiens montèrent à bord, munis de puissantes lampes torches dont ils balayaient le pont, ils furent face à un amas d'hommes en péril, déshydratés, épuisés par le froid, la faim et les embruns. Il se souvenait encore de cette forêt de têtes immobiles. Les rescapés ne marquèrent aucune joie, aucune peur, aucun soulagement. Il n'y avait que le silence, entrecoupé parfois par le bruit des cordes qui dansaient au rythme du roulis. La misère était là, face à lui. Il se souvenait d'avoir essayé de les compter ou du moins de prendre la mesure de leur nombre, mais il n'y parvint pas. Il y en avait partout. Tous tournés vers lui. Avec ce même regard qui semblait dire qu'ils avaient déjà traversé trop de cauchemars pour pouvoir être sauvés tout à fait.

Ils firent monter à bord chacun d'entre eux. Cela prit du temps. Il fallut les aider à se lever. À marcher. Certains étaient trop faibles et nécessitaient qu'on les porte. Une fois à bord, ils distribuèrent des couvertures et des boissons chaudes. Ce jour-là, ils les sauvèrent d'une mort lente et certaine. Mais ces hommes et femmes étaient allés trop loin dans le dégoût et l'épuisement. Il n'y avait plus rien à fêter. Pas même leur sauvetage. Ils étaient au-delà de ça.

Il n'avait aucune idée de ce que voulait cette femme, de ce qui allait advenir, de la façon dont elle l'avait retrouvé, mais il s'entendit dire :

— Venez. Ne restons pas sous la pluie. Montez.

Lorsqu'il lui tint la porte, il esquissa un geste de la main pour l'inviter à entrer, quelque chose d'imperceptible, comme pour lui toucher l'épaule et la réconforter. Mais il s'arrêta avant de parfaire son geste. Il ne réalisa pas qu'il avait eu ce même geste – deux ans auparavant – en 2004, lorsqu'il lui avait tendu le bras pour qu'elle ne chancelle pas en franchissant la passerelle jetée entre les deux navires. Le même geste. Et là aussi, il n'était pas allé jusqu'au bout et avait retiré sa main. C'est qu'alors, sur cette passerelle incertaine, comme ce soir en passant la porte de son immeuble, il avait senti dans le regard de cette femme qu'elle ne voulait aucune aide. Qu'elle marcherait seule et droite tant qu'elle déciderait de vivre. Alors il s'effaça devant elle et la laissa monter chez lui.

Il la fit s'asseoir dans un des fauteuils du salon et alla chercher deux verres de vin dans la cuisine. À son retour, elle n'avait pas bougé. Il n'osa pas lui tendre le verre – ce geste-là lui sembla trop familier. Il le posa sur la table basse, près du fauteuil qu'elle avait choisi.

— Vous vous souvenez de moi ? demanda-t-elle.

Il fit oui de la tête et ce n'était pas mentir. Cela lui semblait étrange à lui-même parce que deux ans avaient passé, mais il n'avait rien oublié. Ou plutôt, ces visages qu'il pensait avoir effacés de sa mémoire se représentaient à son esprit avec précision. Comme s'ils avaient été enregistrés une fois pour toutes. Oui, il se souvenait. Lorsqu'ils eurent effectué le transfert de ces hommes, lorsque le bateau clandestin leur sembla vide, lorsqu'ils eurent emporté à bord les corps de ceux qui étaient morts, ils firent une dernière ronde. C'est là qu'il la trouva. Prostrée dans un coin. Assise à même le pont. La main agrippée à la rambarde. Il s'était approché doucement. Il avait essayé de sourire. Il avait prononcé des mots qu'elle ne pouvait pas comprendre – parce qu'il lui semblait important de ne pas laisser le vent les isoler. Il espérait que le son de sa voix lui ferait lâcher prise et qu'elle accepterait de le suivre. Mais elle ne bougea pas. Il eut le temps de se demander s'il allait devoir utiliser la force, et comment il allait s'y prendre pour la contraindre à lâcher la rambarde sans lui faire trop de mal. Le temps leur était compté. Il finit par se dire que le plus simple serait de demander de l'aide. À deux ou trois, ils parviendraient peut-être à l'emmener. C'est alors que leurs regards se croisèrent. Jusque-là, il n'avait vu qu'un corps emmitouflé, qu'une femme éreintée de fatigue, une pauvre âme déshydratée, qui ne voulait pas quitter la nuit. Mais lorsqu'il croisa son regard, il fut frappé par cette tristesse noire qui lui faisait serrer la rambarde de toute sa force. C'était le visage de la vie humaine battue par le malheur. Elle avait été rouée de coups par le sort. Cela se voyait. Elle avait été durcie par mille offenses successives. Et il sentit que, malgré cette faiblesse physique qui la rendait peut-être incapable de se lever toute seule et de marcher sans aide, elle était infiniment plus forte que lui, parce que plus éprouvée et plus tenace. C'est pour cela, certainement, qu'il n'avait pu oublier ses traits. Mais il n'aurait jamais pu imaginer que sa figure à lui reste également gravé dans son esprit et qu'elle puisse le reconnaître deux ans plus tard, dans les ruelles d'un marché. Qu'avait-il été pour elle ? Le visage de ce continent tant espéré ? Celui du réconfort physique, de l'aide tant attendue ? Ou le visage de celui qui l'avait arrachée définitivement à sa vie passée ?

Après un long temps de silence, elle avait fini par lâcher la rambarde. D'elle-même. S'il l'avait forcée, elle se serait accrochée. Ou peut-être même aurait-elle sauté par-dessus bord, il en était certain. Elle avait lâché prise parce qu'il lui avait laissé le temps de le faire. Il l'escorta jusqu'à la frégate. Et, à sa grande surprise, elle marcha seule, sans qu'il ait à la soutenir. Il ne la toucha pas. Il ne lui jeta même pas une couverture sur les épaules comme il l'avait fait avec les autres. Quelque chose en elle l'interdisait. Une sorte de noblesse racée qui tenait éloignée d'elle la pitié.

— Lorsque je vous ai vu au marché. J'ai su tout de suite que c'était vous. Vous faites toujours le même métier ?

Elle s'était mise à parler d'un coup et sa voix emplissait la pièce avec force. Salvatore Piracci acquiesça. Oui. Toujours. Cela faisait vingt ans. Il avait commencé comme enseigne sur la frégate *Bersagliere* – un bâtiment militaire chargé de la surveillance des côtes au large de Bari. Puis il avait quitté les Pouilles pour la Sicile. Il avait été promu, au fil des années, jusqu'à diriger la frégate *Zeffiro*. Cela faisait trois ans qu'il occupait ce poste. Il patrouillait le plus clair de son temps au large de l'île de Lampedusa et partageait ainsi sa vie entre son navire, les escales à Lampedusa et son port d'attache, Catane. Mais au fond, depuis cette époque où il était un jeune homme passionné de mer, fier de la rutilance de son uniforme et qui aurait avalé tous les océans avec un appétit féroce, rien n'avait changé. Les Albanais avaient fait place aux Kurdes, aux Africains, aux Afghans. Le nombre des clandestins n'avait cessé d'augmenter. Mais c'était toujours les mêmes nuits passées à l'écoute des vagues, traversées, parfois, par les cris d'un désespéré qui hurle vers le ciel du fond de sa barque. Toujours les mêmes projecteurs braqués sur les ondes à la recherche d'embarcations. Toujours ces foules hagardes de fatigue qui n'ont ni joie ni terreur lorsqu'on les intercepte. Des hommes sans sacs. Ni argent. Au regard grand ouvert sur la nuit et qui ont soif, au plus profond d'eux-mêmes, de terre ferme. Toujours des cadavres, aussi. Ceux qui se sont perdus trop longtemps et qui, faute de vivres ou faute de force pour continuer à ramer, gisent à fond de barque, les yeux ouverts sur le vent qui les a perdus. Ou ceux noyés par les flots parce que leur embarcation s'est renversée et qu'ils ne savaient pas nager, qui s'échouent après des jours de ballottements dans les vagues, sur les plages de Lampedusa ou d'ailleurs, au milieu des vacanciers.

Vingt ans de ces nuits lui avaient usé le visage et cerné les yeux. Mais il se dit que si elle l'avait reconnu, c'est qu'en deux ans, au moins, le temps ne l'avait pas trop défiguré.

— Et vous ? demanda-t-il enfin.

Il voulait savoir de quoi elle avait vécu, ce qu'elle avait enduré pour parvenir à rester en Sicile et à construire sa vie. Mais elle ne répondit pas à sa curiosité. Elle fit d'abord un geste de la main pour dire combien cela serait long à raconter, puis elle se ravisa et lui dit :

— J'ai travaillé à mon retour. Je suis prête maintenant.

Le commandant sourit. Dans ces foules de désespérés il en était donc qui parvenaient à gagner leur pari. Des années de labeur pour retourner, victorieux, au pays.

— Vous rentrez chez vous ? dit-il.

La réponse claqua comme une gifle.

— Non, fit-elle d'une voix sourde.

— À quoi êtes-vous prête alors ? demanda-t-il, un peu étonné.

Elle soupira. Il comprit que la réponse à cette question viendrait, que c'était peut-être même pour y répondre qu'elle avait accepté de monter chez lui, mais qu'il fallait lui laisser du temps. Qu'elle allait d'abord devoir raconter d'autres choses, pour y venir, finalement, et pouvoir révéler ce qu'elle cachait. Il le comprit et cela lui sembla normal. Il se cala dans son fauteuil, comme pour montrer qu'il ne poserait plus de questions pressantes et que c'était à elle de donner son rythme à la conversation et de dire ce qu'elle voulait.

Elle sentit qu'il ne bougerait plus, qu'il lui offrait son temps. Elle porta doucement le verre de vin à ses lèvres. L'alcool lui fit du bien.

— J'ai quelque chose à vous demander, dit-elle.

Et la nuit, au-dehors, se pencha pour les écouter.

Le commandant Piracci pensa à de l'argent. Il trouva qu'il y avait dans cette demande quelque chose de décevant – décevant parce que la noblesse de cette femme défiait la charité – mais il était résolu à lui donner ce qu'il pouvait.

Tandis qu'il essayait de se rappeler combien il avait en liquide dans son appartement, elle rompit le silence. Et ce ne fut pas pour demander quoi que ce soit, mais pour raconter. Elle retraça, en détail, sa traversée de 2004 à bord du *Vittoria*. Elle parla parce qu'avant de demander quoi que ce fût, il fallait faire renaître les ombres.

Tout commençait à Beyrouth. Une fois son voyage payé, il avait fallu attendre que le bateau soit prêt. Les passeurs lui avaient dit qu'ils la recontacteraient et l'avaient laissée à la ville. Elle avait erré dans ces rues inconnues, des journées entières, pour tuer le temps. La faim et la fatigue la tenaient mais elle se concentrait sur son départ imminent et sur son fils – un petit garçon de onze mois qui pleurait dans la chaleur de ces jours sans fin. Combien de temps avait duré cette attente ? Elle ne s'en souvenait plus. Il lui semblait que les heures passaient avec la lenteur des montagnes qui s'étirent.

Et puis un soir, enfin, elle fut amenée jusqu'au bateau. Une petite camionnette la déposa à l'extrémité d'un grand port de marchandises. Des groupes d'hommes attendaient sur le quai. Elle s'approcha. Le bateau lui sembla énorme. C'était une haute silhouette immobile, et cette taille imposante la rassura. Elle se dit que les passeurs avec qui elle avait traité devaient être sérieux et accoutumés à ces traversées s'ils possédaient de tels bateaux.

On la fit attendre sur le quai, au pied du monstre endormi. Les camionnettes ne cessaient d'arriver. Il en venait de partout, déposant leur chargement humain et repartant dans la nuit. La foule croissait sans cesse. Tant de gens. Tant de silhouettes peureuses qui convergeaient vers ce quai. Des jeunes hommes pour la plupart. N'ayant pour seule richesse qu'une veste jetée sur le dos. Elle aperçut également quelques familles et d'autres enfants, comme le sien, emmitouflés dans de vieilles couvertures. Cela aussi la rassura. Elle n'était pas la seule mère. Elle trouverait de l'aide si elle en avait besoin.

Tout le monde parlait à voix basse. Les passeurs avaient donné des ordres. Il fallait se taire. Mais dans l'excitation du départ, les hommes ne pouvaient s'empêcher de murmurer. Des langues inconnues bruissaient dans la foule. Il y avait là de tout. Des Irakiens. Des Afghans, des Iraniens, des Kurdes, des Somalis. Tous impatients. Tous possédés par un étrange mélange de joie et d'inquiétude.

L'équipage était constitué d'une dizaine d'hommes, silencieux et pressés. Ce sont eux qui donnèrent le signal de l'embarquement. Les centaines d'ombres confluèrent alors vers la petite passerelle et le bateau s'ouvrit. Elle fut une des premières à embarquer. Elle s'installa sur le pont contre la rambarde et observa le lent chargement de ceux qui la suivaient. Ils ne tardèrent pas à être serrés les uns contre les autres. Le bateau ne semblait plus aussi vaste que lorsqu'elle était sur le quai. C'était maintenant un pont étroit piétiné par des centaines d'hommes et de femmes. Elle tenta de garder un peu de place pour son bébé mais les corps, autour d'elle, la pressaient sans cesse davantage. Cette incommodité ne la fit pas flancher. Elle se dit que cela ne durerait qu'une nuit ou deux. Que ce temps-là n'était rien dans une vie. Qu'elle se souviendrait bientôt de cette traversée comme d'une incroyable épopée. Qu'elle en parlerait en souriant lorsqu'elle serait installée de l'autre côté, à Rome, à Paris ou à Londres et que tout serait accompli.

Ils levèrent l'ancre au milieu de la nuit. La mer était calme. Les hommes, en sentant la carcasse du navire s'ébranler, reprirent courage. Ils partaient enfin. Le compte à rebours était enclenché. Dans quelques heures, vingt-quatre ou quarante-huit au pire, ils fouleraient le sol d'Europe. La vie allait enfin commencer. On rigolait à bord. Certains chantèrent les chants de leur pays. Elle ne se souvenait plus avec précision de cette première nuit sur le navire – ni de la journée qui suivit. Il faisait chaud. Ils étaient trop serrés. Elle avait faim. Son bébé pleurait. Mais ce n'était pas ce qui comptait. Elle se serait sentie capable de tenir des jours entiers ainsi. Le nouveau continent était au bout. Et la promesse qu'elle avait faite à son enfant de l'élever là-bas était à portée de main. Elle aurait tenu, vaille que vaille, pourvu qu'elle ait pu se raccrocher à l'idée qu'ils se rapprochaient, qu'ils ne cessaient, minute après minute, de se rapprocher. Mais il y eut ces cris poussés à l'aube du deuxième jour, ces cris qui renversèrent tout et marquèrent le début du second voyage. De celui-là, elle se rappelait chaque instant. Depuis deux ans, elle le revivait sans cesse à chacune de ses nuits. De celui-là, elle n'était jamais revenue.

Les cris avaient été poussés par deux jeunes Somalis. Ils s'étaient réveillés avant les autres et donnèrent l'alarme. L'équipage avait disparu. Ils avaient profité de la nuit pour abandonner le navire, à l'aide de l'unique canot de sauvetage. La panique s'empara très vite du bateau. Personne ne savait piloter pareil navire. Personne ne savait, non plus, où l'on se trouvait. À quelle distance de quelle côte ? Ils se rendirent compte avec désespoir qu'il n'y avait pas de réserve d'eau ni de nourriture. Que la radio ne marchait pas. Ils étaient pris au piège. Encerclés par l'immensité de la mer. Dérivant avec la lenteur de l'agonie. Un temps infini pouvait passer avant qu'un autre bateau ne les croise. Les visages, d'un coup, se fermèrent. On savait que si l'errance se prolongeait, la mort serait monstrueuse. Elle les assoifferait. Elle les éteindrait. Elle les rendrait fous à se ruer les uns contre les autres.

Tout était devenu lent et cruel. Certains se lamentaient. D'autres suppliaient leur Dieu. Les bébés ne cessaient de pleurer. Les mères n'avaient plus d'eau. Plus de force. Plus les heures passaient et plus les cris d'enfants faiblissaient d'intensité – par épuisement – jusqu'à cesser tout à fait. Les esprits sombrèrent dans une épaisse léthargie. Quelques bagarres éclatèrent, mais les corps étaient trop faibles pour s'affronter. Bientôt, ce ne fut plus que silence.

Le premier mort fut un Irakien d'une vingtaine d'années. D'abord, personne ne sut que faire, puis les hommes décidèrent qu'il fallait jeter les morts à la mer. Pour faire de la place et éviter tout risque d'épidémie. Bientôt, ces corps plongés à l'eau furent de plus en plus nombreux. Ils passaient par-dessus bord les uns après les autres et chacun se demandait s'il ne serait pas le prochain. Elle serrait de plus en plus fortement son enfant dans ses bras, mais il semblait ne plus rien faire d'autre que dormir. Une femme, à côté d'elle, lui tendit une bouteille dans laquelle il restait quelques gouttes d'eau. Elle essaya de faire boire le nourrisson mais il ne réagit pas. Elle lui mouilla les lèvres mais les gouttes coulèrent le long de son menton. Elle sentait qu'il partait et qu'il fallait qu'elle se batte bec et ongles. Elle l'appela, le secoua, lui tapota les joues. Il finit par râler, distinctement. Un petit râle d'enfant. Elle n'entendait plus que cela. Au-dessus du brouhaha des hommes et du bruissement des vagues, le petit souffle rauque de son enfant lui faisait trembler les lèvres. Elle supplia. Elle gémit. Les heures passèrent. Toutes identiques. Sans bateau à l'horizon. Sans retour providentiel de l'équipage. Rien. La révolution lente et répétée du soleil les torturait et la soif les faisait halluciner.

Elle était incapable de dire quand il était mort.

Elle était restée dans la même position pendant des heures, lui chantant des comptines, l'appelant par son nom, lui jurant qu'il s'en sortirait. Puis les gens qui l'entouraient lui avaient tapé sur l'épaule. Elle avait vu dans leur regard ce qu'ils pensaient. Elle avait hurlé de la laisser tranquille, de ne pas l'approcher, qu'elle allait le réveiller.

Plus tard, ils avaient essayé à nouveau, répétant qu'il ne fallait pas garder de morts sur le bateau. De quoi parlaient-ils ? Ce n'était pas un mort qu'elle tenait dans ses bras, c'était son enfant. Elle ne comprenait pas. Et puis deux hommes étaient venus et l'avaient forcée. Ils l'avaient obligée à desserrer son emprise. Elle se défendit. Elle cracha et mordit. Mais ils étaient plus forts qu'elle. Ils réussirent à lui prendre l'enfant et, sans un mot, le jetèrent par-dessus bord. Elle se souvenait encore du bruit horrible de ce corps aimé, embrassé, touchant l'eau.

Son esprit assommé ne pensa plus à rien. La fatigue l'envahit. À partir de cet instant, elle renonça. Elle se laissa glisser dans un coin, s'agrippa à la rambarde et ne bougea plus. Elle n'était plus consciente de rien. Elle dérivait avec le navire. Elle mourait, comme tant d'autres autour d'elle, et leurs souffles fatigués s'unissaient dans un grand râle continu.

Ils dérivèrent jusqu'à la troisième nuit. La frégate italienne les intercepta à quelques kilomètres de la côte des Pouilles. Au départ de Beyrouth, il y avait plus de cinq cents passagers à bord. Seuls trois cent quatre-vingt-six survécurent. Dont elle. Sans savoir pourquoi. Elle qui n'était ni plus forte, ni plus volontaire que les autres. Elle à qui il aurait semblé juste et naturel de mourir après l'agonie de son enfant. Elle qui ne voulait pas lâcher la rambarde parce que se lever, c'était quitter son enfant et elle ne le pouvait pas.

Elle raconta tout cela avec lenteur et précision. Pleurant parfois, tant le souvenir de ces heures était encore vif en elle. Le commandant Piracci ignorait que la femme eût un enfant mais, en d'autres occasions, sur d'autres mers, il avait dû, parfois, arracher des nourrissons inertes à leur mère. Il connaissait ces histoires de mort lente, de rêve brisé. Pourtant le récit de cette femme le bouleversa. Il repensa à cette destinée saccagée, à la laideur des hommes. Il essaya de mesurer la colère qu'il devait y avoir en elle et il sentit qu'elle était au-delà de toute mesure. Et pourtant, durant tout son récit, elle ne s'était pas départie de la pleine dignité de ceux que la vie gifle sans raison et qui restent debout.

Il repensa à l'argent qu'il avait dans un des livres de sa bibliothèque et il lui demanda : « Que voulez-vous ? » Il lui posa la question avec douceur pour lui faire comprendre qu'elle pouvait demander davantage que ce qu'elle avait peut-être d'abord envisagé de faire. Il était bouleversé et il était prêt à donner autant qu'il pouvait.

Elle le regarda droit dans les yeux et sa réponse le laissa stupéfait. Elle lui dit avec une voix posée :

— Je voudrais que vous me donniez une arme.

Une arme ? Le commandant était sidéré. Il avait pensé à tout, sauf à cela. Une arme. Voulait-elle se suicider ? Il la regarda avec stupeur. Était-il possible que depuis deux ans, la douleur ne l'ait pas quittée ? qu'elle soit restée si violente ? Cela signifiait que depuis deux ans, chaque jour, elle n'avait fait que souffrir. Deux années de tristesse insurmontée et le suicide au bout. Au fond, elle était morte à l'instant où le corps de son enfant avait plongé dans l'eau avec ce bruit obscène qui avait troué le silence. Elle était morte mais il lui avait fallu deux ans pour en finir vraiment. Deux ans d'attente et de fatigue, à ne pas avoir la force de vivre, ni celle de se supprimer. Et maintenant, elle lui demandait une arme pour en finir.

Le commandant Piracci fut ramené, d'un coup, à la violence et à la brutalité de cette réalité. L'idée que son pistolet puisse servir à défoncer le crâne de cette femme lui répugna. C'était comme si elle lui demandait de le faire lui-même. Qu'elle aille trouver cette arme ailleurs. Ce n'était pas ce qui manquait à Catane. Il suffisait d'avoir un peu d'argent...

Soudain, une autre idée le traversa : elle était peut-être folle, une démente que le malheur avait brisée.

Qui sait ce qu'elle ferait avec une arme ? Elle commencerait peut-être par s'en servir contre lui. Puis elle errerait dans la foule, tirant, au hasard, sur les passants. Il fallait qu'elle sorte de son appartement au plus vite. Il en était persuadé, cette femme était dangereuse. Il était sur le point de se lever pour lui demander de partir, lorsqu'elle lui dit :

— Ce n'est pas ce que vous croyez, commandant.

Sa voix était douce, réfléchie. Elle avait certainement lu son trouble, et peut-être même suivi le cheminement de sa pensée, de la stupeur à la panique. Elle parlait avec un calme qui l'apaisa.

— Si j'avais voulu mourir, j'aurais eu mille occasions de le faire.

Le commandant ne savait plus que penser. Cette femme l'intriguait. Que voulait-elle ? Que cachait-elle ? Il n'en avait pas la moindre idée mais la curiosité s'était désormais emparée de lui.

— Pourquoi voulez-vous une arme ? demanda-t-il.

Elle cligna des yeux, respira profondément et posa une question.

— Que savez-vous du *Vittoria*, commandant ?

Cette question, à nouveau, le désarçonna. Il ne voyait pas le rapport qu'elle pouvait avoir avec sa propre demande. Mais il y répondit, acceptant les méandres qu'imposerait la femme dans la conversation, sûr que c'était à ce prix qu'elle finirait par tout dire.

— Pas grand-chose, répondit-il. Ce que les journaux italiens en dirent quelques jours après le sauvetage. Il battait pavillon ouzbek mais il avait été affrété au Liban. L'équipage, en fuyant, ne pouvait pas ignorer qu'il vous condamnait à la mort ou du moins à la dangereuse incertitude du hasard. Puis il ajouta : Cela arrive. De plus en plus souvent. Des bateaux remplis à craquer. Dans un état de vétusté totale. Jetés à la mer et qui dérivent en attendant la mort. Les passeurs se paient et abandonnent leurs clients en pleine mer. J'en ai vu d'autres de ces navires et certains sont silencieux lorsque nous les abordons, d'un silence horrible que l'on reconnaît tout de suite...

Le commandant se tut pour ne pas laisser l'émotion le submerger. La femme ne l'avait pas interrompu – mais elle parla juste après lui pour lui éviter la gêne d'un silence dans lequel on aurait pu l'entendre ravaler ses pleurs.

— J'ai fait comme vous, commandant, dit-elle. Après notre sauvetage, je me suis fait lire et traduire les articles qui parlaient de nous. Je les ai conservés. Et plus tard, lorsque j'ai su parler italien, j'ai fait mes propres recherches. J'en sais un tout petit peu plus que vous, commandant, et permettez-moi de vous donner ces informations supplémentaires. Le *Vittoria* a effectivement été affrété à Beyrouth. Je vous ai raconté l'embarquement. Chaque place à bord a coûté trois mille dollars. Moi, j'ai dû payer quatre mille cinq cents dollars à cause de l'enfant. L'équipage était composé pour la plupart de Libanais. Et le bateau a été affrété par un dénommé Hussein Marouk. Un homme d'affaires véreux proche des services secrets syriens. Quand je dis affrété, commandant, cela signifie que c'est lui, Hussein Marouk, qui a trouvé le bateau, l'a acheté et l'a mis à disposition des passeurs, moyennant un pourcentage sur les bénéfices. C'est lui qui a fixé le nombre de passagers qu'il fallait et qui a donné l'ordre d'abandonner le navire. Car c'était convenu ainsi. Les hommes qui nous ont fait monter à bord savaient qu'ils nous abandonneraient en pleine mer. Savez-vous la raison de tout cela, commandant ? Ce n'est même pas le profit. Au contraire. Une opération comme celle-ci va à l'encontre de la logique commerciale. Le navire est perdu. Si Hussein Marouk avait été un simple passeur, il aurait ordonné à l'équipage de nous déposer le plus vite possible puis de revenir pour charger à nouveau le bateau. Combien d'hommes font en ce moment des fortunes colossales avec ce trafic ? Mais ce n'est pas ce que voulait Hussein Marouk. Il voulait que nous dérivions. Il voulait que nous nous échouions sur une plage européenne et que cela fasse la une des journaux. C'est un combat politique : l'Europe hausse le ton contre la mainmise de la Syrie sur le Liban, en réponse Damas affrète un navire de crève-la-faim qu'il lance à l'assaut de la forteresse européenne. On pourrait presque appeler cela du langage diplomatique. C'est cela que disait le *Vittoria* aux autorités européennes : Laissez-nous tranquilles ou nous nous faisons fort de vous envoyer un *Vittoria* par semaine.

Le commandant la regarda avec gravité. Ce qu'elle venait de dire était plausible mais il lui semblait qu'elle se perdait en tentant de plonger dans l'analyse de ces stratégies sombres.

— Vous trouverez toujours des hommes pour exploiter la pauvreté et l'urgence, dit-il.

— Je fais une distinction, commandant, répondit-elle, entre le passeur qui prend à son client ses derniers deniers mais l'amène à bon port et celui qui affrète un bateau dont il sait qu'il n'arrivera nulle part. Ils nous ont envoyés sur la mer comme on envoie à son ennemi un paquet contenant un animal mort. Et nous avons payé notre mort.

— Les hommes comme votre Hussein Marouk, reprit le commandant, finissent généralement avec une balle dans le crâne. Pour les mêmes raisons que celles qui lui font aujourd'hui affréter des cercueils flottants : les relations diplomatiques entre nations. Attendez. Guettez les brèves dans les journaux. Au prochain réchauffement des relations entre Bruxelles et Damas, on retrouvera votre Hussein Marouk égorgé dans sa salle de bains. Cela sera interprété comme un gage de bonne volonté de la part des Syriens. Il mourra comme un rat. De la main même de ceux qui l'invitent en ce moment dans de somptueux hôtels pour qu'il se sente important.

Salvatore Piracci avait parlé en espérant qu'il puisse y avoir dans ses augures de quoi apaiser la haine de son interlocutrice. Hussein Marouk mourrait de mort violente, c'était certain. Rien ne servait de s'en occuper. Mais ses mots n'eurent pas l'effet escompté. Le regard de la femme devint brutal. Et elle dit d'une voix ferme qui le fit trembler :

— Je prie chaque jour pour qu'ils ne le tuent pas avant moi.

C'était donc cela. La vengeance. C'est cela qui l'avait fait tenir. Qui lui avait donné la force de se battre, de gagner de l'argent, d'élaborer des plans. Deux ans d'attente avec sa vengeance bien cachée au fond d'elle-même. Tuer. Elle n'avait vécu que pour cela. Le commandant se passa la main sur le visage. Il avait chaud. Il voulait se lever, faire quelques pas, lui parler de la vie qui lui restait à vivre, du passé qu'il fallait laisser derrière soi. Parler du malheur, lui dire qu'on ne se venge pas d'une tempête ou d'un cataclysme. Mais avant qu'il n'ait pu le faire, elle reprit la parole et sa voix le gifla.

— Ils m'ont fait payer le billet de mon fils. Mille cinq cents dollars, commandant. Mille cinq cents dollars pour mourir de soif dans mes bras. Comment voulez-vous que je pardonne ça ?

Le commandant ne répondit rien. Il ne se leva pas. Les phrases, les arguments qu'il avait préparés coulèrent hors de son esprit. Seuls résonnaient ses mots à elle. Mille cinq cents dollars. Mille cinq cents dollars. Il la contempla. Sans voix.

— Pourquoi Hussein Marouk ? finit-il par dire. Si vraiment vous voulez vous venger, remontez plus haut. Vous l'avez dit vous-même, ce n'est qu'un homme de paille qui s'occupe des basses œuvres.

Elle répondit sans hésiter. Comme si elle s'était déjà fait plusieurs fois cette réflexion et tenait sa réponse toute prête.

— Je ne prétends pas que cet homme soit le seul coupable, dit-elle, ni même le plus coupable. Je dis seulement qu'il l'est. Et que j'aurais peut-être le moyen de l'atteindre.

Le commandant pensa qu'à sa place, il aurait eu à cœur, avant toute chose, de se venger des membres de l'équipage. C'étaient eux qui avaient abandonné le navire. Eux qui avaient laissé pour morts des hommes et des femmes au milieu desquels ils avaient vécu. Ils leur avaient menti. C'étaient eux qui avaient tué l'enfant en ne laissant aucune réserve d'eau. Oui, sans aucun doute, il aurait essayé de retrouver l'équipage du *Vittoria* et il leur aurait fait payer leur saleté. Mais il ne dit rien à la femme, de peur de lui souffler des désirs qu'elle n'avait pas. Et puis peut-être avait-elle raison. Qui était coupable ? À qui s'en prendre en premier ? L'homme qui avait voulu et organisé ce voyage avorté ou ceux qui, concrètement, s'étaient glissés en pleine nuit dans le canot de sauvetage, sans faire de bruit ? Qui était à châtier en premier dans cette chaîne de responsabilités où chacun avait touché de l'argent sur le destin de pouilleux condamnés à l'agonie ? Elle avait décidé que Hussein Marouk devait être le premier. Peut-être trouvait-elle dans son attitude d'homme d'affaires une morgue et une arrogance supplémentaires. On pouvait espérer que les marins de l'équipage étaient parfois traversés par d'horribles cauchemars où les visages des morts leur léchaient les yeux avec avidité. Elle avait peut-être choisi Hussein Marouk parce qu'il était caché et qu'au crime, il ajoutait l'obscénité de l'opulence.

Le commandant chassa ces pensées de son esprit. L'important n'était pas l'identité des coupables mais ce désir puissant qu'elle avait de frapper à son tour. Il pressentait que rien ne la ferait changer d'avis mais il voulut essayer encore.

— Vous allez ruiner votre vie, dit-il.

— Quelle vie ? répondit-elle en souriant.

— Vous êtes belle, reprit-il. Et comme il ne voulait pas que ce qu'il venait de dire soit mal interprété, il poursuivit : Vous avez réussi le plus dur. Ne pas décider de mourir après la perte de votre enfant. Rester en vie. Vous battre. Vous allez ruiner tout cela. Il y a une vie devant vous qui n'a rien à voir avec Hussein Marouk, une vie que vous ne devez qu'à vous, et qui sera votre combat. Vengez-vous ainsi. Il vous avait condamnée, vous vous êtes soustraite à la mort. Vous avez gagné.

— Non, répondit-elle avec calme et gravité. Vous vous trompez. Si j'ai surmonté mon désespoir, si j'ai vécu pendant deux ans, en travaillant, en luttant, c'est parce que j'avais cette seule idée en tête. Je l'ai eue à l'instant même où ils ont jeté le corps de mon fils à l'eau. Ils paieront pour cela, me suis-je dit. Si je vis, ils paieront. C'est la vengeance qui m'a tenue debout. Elle m'a forcée. C'est elle encore aujourd'hui qui m'a fait vous suivre et vous demander une arme. Je n'ai qu'une crainte, commandant, une seule qui me hante la nuit…

— Laquelle ? demanda Salvatore Piracci avec empressement, car il pensait qu'une faille, peut-être, était en train d'apparaître et qu'il pourrait la convaincre de renoncer.

Elle répondit les larmes aux yeux et les mâchoires serrées.

— De ne pas avoir la force lorsque je l'aurai devant moi. Faillir au dernier instant. Alors vraiment, je serai misérable.

Le commandant se leva. Il n'y avait plus rien à dire. La nuit était tombée sur Catane, étouffant les bruits et effaçant les couleurs. Il savait d'elle tout ce qu'il y avait à savoir. Il comprenait maintenant d'où lui venaient l'obstination de son regard et la beauté de sa droiture.

Elle resta assise, releva la tête dans sa direction et d'une voix d'enfant qui réclame un jouet, elle demanda :

— Vous allez me la donner ?

— Vous ne savez pas ce que vous dites, murmura-t-il avec effroi.

— La seule certitude que j'ai, reprit-elle calmement, c'est que je dois partir. L'heure est venue de retourner là-bas et de commencer ma traque. Cela, j'en suis certaine. Ce que je ferai une fois là-bas, l'instant en décidera. Mais je veux le voir. Depuis deux ans, je le fais vivre en mon esprit. Depuis deux ans, je m'en suis fait une obsession. Il est temps d'éprouver mes forces. La possibilité de le tuer me suffira peut-être. Je me contenterai de l'observer à une terrasse de café. De le regarder rire avec une femme ou téléphoner, en parlant fort au milieu de la foule. Le voir ainsi, à quelques mètres de moi, et savoir que je pourrais me lever, m'approcher et l'abattre suffira peut-être à apaiser ma haine. Mais j'ai besoin d'éprouver la sensation que la vie de cet homme est entre mes mains. Même s'il doit ne jamais le savoir. Même si je finis – qui sait ? – par payer mon café et disparaître dans la foule. Je veux l'avoir à portée de bras, à portée de balles. Que sa vie dépende de mon bon vouloir. Qu'il soit, au moins pour un instant, dans le creux de ma main. Il faut que j'aille là-bas, parce que j'ai besoin de rapprocher le canon d'une arme de sa tempe.

— Comment comptez-vous vous rendre là-bas ?

— J'y ai longuement pensé, expliqua-t-elle. J'ai suffisamment d'argent pour prendre un billet d'avion mais il y a dans ce voyage quelque chose de froid et de rapide qui me répugne. Quatre heures de vol, à peine, suffisent à rejoindre Beyrouth. Cette brièveté me donne le vertige. Quatre heures alors que j'ai mis des jours à faire le voyage dans l'autre sens. Je n'ai pas le courage de vivre cette rapidité et ce confort. Il me faut davantage de temps. Je veux remettre mes pas dans les traces d'autrefois. Reparcourir la mer dans l'autre sens. Avoir le temps de penser, le temps de pleurer et le temps de me durcir. Je veux arriver à Damas compacte et dure comme une boule d'acier. Et puis il me sera difficile de monter dans l'avion avec une arme. Or, si vous me la donnez, j'ai décidé qu'elle et moi serions indissociables. C'est l'arme de ma colère. Que je tiens à bout de bras et qui fait de moi autre chose qu'une démunie que la vie renverse.

Sans la regarder, le commandant dit alors, avec une voix qui charriait de gros cailloux de mauvaise humeur :

— Si vous avez de l'argent, il n'y a rien de plus facile dans cette ville de fous que de se procurer une arme. Faites comme tout le monde. Achetez-la dans une des ruelles puantes du port.

— Je la voulais de vous, répondit-elle d'une voix froide, en se levant.

Le ton du commandant l'avait heurtée. Elle fut sur le point de répondre qu'elle n'était pas venue demander des conseils, ni même la charité, mais se ravisa, par égard pour cet homme qui lui avait offert son temps et son écoute. Il ne restait plus qu'à partir. Le commandant la regarda ainsi, droite, silencieuse. Il repensa à la phrase de son poissonnier, « Un fantôme vous a caressé ». C'était cela. Oui. Il avait fait entrer chez lui une ombre et il était incapable de dire si sa caresse le brûlait ou l'apaisait. Elle vit ce regard. Elle n'avait pas prévu de parler encore mais lorsqu'elle plongea dans ses yeux elle comprit qu'elle pouvait tout demander. Alors elle se remit à parler, avec douceur, pour lui laisser le temps d'abdiquer sans déshonneur.

— Lorsque je vous ai aperçu au marché, dit-elle, je suis restée interdite. Tout remontait en moi. Votre visage n'a pas changé. Je revoyais d'un coup le pont du *Vittoria* balayé par les lumières rouges de votre frégate. Vous étiez là. Devant moi. Et c'était comme si ma vengeance se rappelait à moi. J'ai su, en vous voyant, qu'il fallait quitter Catane et entreprendre le voyage du retour. J'ai su que c'était de vous que j'obtiendrais cette arme, parce qu'il était juste qu'il en soit ainsi. J'ai su que les deux années d'attente et de travail venaient de prendre fin. Je repars, commandant. Je suis contente que nous nous soyons revus. La boucle est bouclée. Vous avez été le premier visage de l'Europe, vous en serez le dernier. Je retourne là-bas. Je n'ai pas peur. Je veux quelque chose. De toutes mes forces. Je veux. Jour et nuit. Vous n'imaginez pas la force que cela procure. Je suis une petite femme têtue, commandant. Je me battrai contre la mer et le vent. Même les hommes ont cessé de me faire peur.

Le commandant ouvrit la porte d'un des placards du salon. Il en sortit une arme de poing, enveloppée dans un chiffon. Ce n'était pas son arme de service qui restait toujours dans son casier, à bord de la frégate, mais une arme qu'il avait depuis quelques années et qu'il gardait là sans l'avoir jamais utilisée. « Dans cette ville, avait-il coutume de dire, mieux vaut avoir de quoi faire peur. »

— Tenez, dit-il d'une voix sourde à la femme, en lui tendant l'arme.

— Merci, dit-elle simplement.

— Ne me remerciez pas, murmura-t-il. Je prierai pour que vous ne vous en serviez pas.

— Vous savez bien que non, dit-elle avec douceur.

Ces derniers mots le laissèrent muet. Elle ouvrit la porte, le regarda un temps, avec calme et bonté – comme pour se souvenir à jamais de ses traits – puis elle disparut dans le couloir. Salvatore Piracci resta dans son appartement, incrédule. Il venait de donner son arme à une inconnue – et loin d'en être terrifié, il éprouvait un étrange et inquiétant soulagement.

Debout, face à la fenêtre, il contemplait la nuit qui prenait possession des ruelles. Il revoyait son visage. Réentendait les mots qu'elle avait prononcés. Pourquoi avait-il donné son arme ? Un homme allait être abattu, un jour, dans les rues d'une ville inconnue avec ce pistolet. Et si elle renonçait, qui sait où l'arme irait finir ? Dans la main de quel homme ? Pour quels crimes ? Il repensait à son visage. Il y avait en elle une beauté solide et dure, la beauté de ceux qui ont décidé de leur route et s'y tiennent. La beauté que confère au regard la volonté. C'était bien cela. Elle était comme un bloc dur de volonté. Son désir lui illuminait le visage. Il se sentait vide par rapport à elle. D'un vide confortable qui le dégoûtait.

II

Tant que nous serons deux

Je suis avec mon frère Jamal. Je ne dis rien. Je claque la portière de la voiture. Il fait tourner la clef. Le moteur gronde.

Ce soir, les hirondelles volent haut dans le ciel. Les boulevards grondent du vacarme des klaxons. La poussière soulevée par les embouteillages est encore chaude du soleil de la journée. Mon frère Jamal ne dit pas un mot. Nous roulons. Je sais que nous partirons cette nuit. Je l'ai compris à son regard. S'il m'a demandé de venir avec lui, c'est qu'il veut que nous soyons ensemble pour dire adieu à notre ville. Je ne dis rien. La tristesse et la joie se partagent en mon âme. Les rues défilent sous mes yeux. J'ai doucement mal de ce pays que je vais quitter.

Jamal gare la voiture sur la place de l'Indépendance. Nous entrons dans notre café, celui où l'on vient tous les jours. Fayçal nous fait signe de la tête. Il joue aux dés avec son oncle. Nous saluons les visages que nous connaissons, puis nous nous asseyons. Mon frère a choisi une des tables qui donnent sur la terrasse. Nous restons dans la pénombre du café mais nous jouissons de la vue sur la place.

Je regarde mon frère qui contemple les orangers, le fouillis des voitures et la foule des passants et je sais ce qu'il pense. Il boit son thé sans quitter des yeux cette place qu'il ne verra plus. Il essaie de tout enregistrer. Oui, je sais ce qu'il pense et je fais comme lui. Immobile, je laisse les bruits et les odeurs m'envahir. Nous ne reviendrons plus jamais. Nous allons quitter les rues de notre vie. Nous n'achèterons plus rien, jamais, aux marchands de cette rue. Nous ne boirons plus de thé, ici. Ces visages, bientôt, se brouilleront et deviendront incertains dans notre mémoire.

Je contemple mon frère qui regarde la place. Le soleil se couche doucement. J'ai vingt-cinq ans. Le reste de ma vie va se dérouler dans un lieu dont je ne sais rien, que je ne connais pas et que je ne choisirai peut-être même pas. Nous allons laisser derrière nous la tombe de nos ancêtres. Nous allons laisser notre nom, ce beau nom qui fait que nous sommes ici des gens que l'on respecte. Parce que le quartier connaît l'histoire de notre famille. Il est encore, dans les rues d'ici, des vieillards qui connurent nos grands-parents. Nous laisserons ce nom ici, accroché aux branches des arbres comme un vêtement d'enfant abandonné que personne ne vient réclamer. Là où nous irons, nous ne serons rien. Des pauvres. Sans histoire. Sans argent.

Je regarde mon frère qui contemple la place et je sais qu'il pense à tout cela. Nous buvons notre thé avec une lenteur peureuse. Lorsque les verres seront vides, il faudra se lever, payer et saluer les amis. Sans rien leur dire. Les saluer comme si nous allions les revoir dans la soirée. Aucun de nous deux n'a encore la force de faire cela. Alors nous buvons nos thés comme des chats laperaient de l'eau sucrée. Nous sommes là. Encore pour quelques minutes. Nous sommes là. Et bientôt plus jamais.

C'est mon frère qui s'est levé le premier. Il ne m'a pas demandé si j'avais fini, ou si j'étais prêt à y aller. Il s'est levé d'un bond. Il a posé de l'argent sur la table et il est sorti du café en lançant un salut à la cantonade. Je l'ai suivi avec empressement. C'est ce qu'il voulait. Que je n'aie pas le temps de regarder une dernière fois les amis, d'imaginer quels derniers mots je pourrais leur dire pour qu'ils comprennent ma douleur de les quitter. Que je n'aie pas le temps de flancher.

Il s'est levé et a marché rapidement jusqu'à la voiture et c'est ce qu'il fallait faire. Une fois assis au volant il a respiré longuement, puis il m'a regardé et j'ai vu qu'il était sur le point de pleurer. Alors pour qu'il ait quelque chose à faire, pour qu'il ne se laisse pas subjuguer par les larmes, pour que nous ne nous mettions pas à hurler de tristesse tous les deux, enfermés dans notre voiture, je lui ai dit : « J'aimerais bien faire un dernier tour dans la ville. » Il a souri. Il a dit : « C'est une bonne idée » et il a tourné la clef de contact. La voiture est passée encore une fois devant la terrasse du café mais ni lui ni moi n'avons eu le courage de regarder par la vitre. J'ai juste pensé que tout serait pareil demain. Même alignement de chaises et de tables. Même poussière sur le trottoir. Même chat maigre longeant les murs avec crainte. Tout serait pareil. Mais sans nous.

Nous avons contourné les jardins de la grande avenue. Il n'y avait plus de circulation. Les vitres ouvertes, le vent du dehors nous caressait la peau. J'ai pensé au voyage qui nous attendait et dont nous ne savions rien. C'est mon frère qui s'est occupé du contact pour nous faire sortir du pays. Au bout de combien de semaines ou de mois de périple atteindrons-nous l'Europe ? Je ne sais rien de la fatigue qui nous attend demain. Je ne sais pas de quelle force il faudra être pour réussir ce long voyage ni si je serai à la hauteur, mais je n'ai pas peur. Je suis avec mon frère. Tout le reste n'a pas d'importance. Les humiliations. L'argent. Le temps. Nous tiendrons au-delà de tout cela.

Je demande à Jamal de prendre les grandes avenues et de rouler plus vite. J'ai envie d'être enivré par l'air du soir qui s'engouffre dans la voiture. Je veux qu'il roule à toute allure parce que je pressens que le voyage de demain sera tout de lenteur et d'usure. Je veux m'enivrer, une dernière fois, de vitesse. Nous roulons à tombeau ouvert. Et cela nous fait du bien.

Si nous avions pu rouler ainsi pendant des heures, nous l'aurions fait, mais Jamal s'est tourné vers moi et m'a dit : « Il n'y a presque plus d'essence, qu'est-ce que je fais ? » Faire le plein dans une voiture que nous n'utiliserons plus jamais, cela m'aurait fait rire en d'autres occasions mais j'ai pensé à l'argent dont nous aurions besoin demain. J'ai pensé à l'argent qui, à partir de maintenant, ne va plus jamais cesser de manquer. Il faut économiser chaque pièce. À partir de ce soir et pour longtemps, nous n'aurons jamais assez. Je ne veux pas rentrer. Si l'essence n'était pas venue à manquer, j'aurais demandé à mon frère de rouler encore pendant des heures mais ce n'est plus possible, alors je lui demande de s'arrêter devant une épicerie.

Lorsque je ressors de la boutique, mon frère s'est assis sur le capot de la voiture. Je viens près de lui. Je lui tends les dattes que je viens d'acheter. Nous les mangeons lentement.

— Ce goût-là va nous manquer, dit-il.

— Dans deux ans, dis-je, dans dix ans, dans trente ans, Jamal, lorsque nous voudrons nous souvenir du pays, lorsque nous voudrons en être imprégnés, qui sait si nous ne mangerons pas des dattes ? Pour nous, elles auront toujours le goût d'ici.

— Tu as raison, dit-il en souriant avec mélancolie. Des petits vieux qui mangent des dattes, voilà ce que nous allons devenir.

— Nous n'aurons pas la vie que nous méritons, dis-je à voix basse. Tu le sais comme moi. Et nos enfants, Jamal, nos enfants ne seront nés nulle part. Fils d'immigrés là où nous irons. Ignorant tout de leur pays. Leur vie aussi sera brûlée. Mais leurs enfants à eux seront saufs. Je le sais. C'est ainsi. Il faut trois générations. Les enfants de nos enfants naîtront là-bas chez eux. Ils auront l'appétit que nous leur aurons transmis et l'habileté qui nous manquait. Cela me va. Je demande juste au ciel de me laisser voir nos petits-enfants.

J'ai cru que mon frère n'allait rien répondre. Mais il a parlé et j'ai compris que nous partagions tout ce soir.

— Le plus dur, a-t-il dit, ce n'est pas pour nous. Nous pourrons toujours nous dire que nous l'avons voulu. Nous aurons toujours en mémoire ce que nous avons laissé derrière nous. Le soleil des jours heureux nous réchauffera le sang et le souvenir de l'horreur écartera de nous les regrets. Mais nos enfants, tu as raison, nos enfants n'auront pas ces armes. Alors oui, il faut espérer que nos petits-enfants seront des lions au regard décidé.

Il prit une datte et la laissa longtemps dans sa main avant de la croquer. Je regardai la ville tout autour de nous. Les voitures. Les arbres. Les passants. Et je lui demandai :

— De quoi nous souviendrons-nous, Jamal ? Et qu'oublierons-nous ?

À cette question, il ne répondit rien, et les hirondelles se mirent à crier dans le ciel.

Mon frère, il n'y aura que toi pour moi. Et moi pour toi. Plus frères que jamais. Tu seras le seul à qui je pourrai parler de la mère en sachant que tu la vois en ton esprit lorsque j'évoquerai la lenteur de ses doigts qui passaient dans nos cheveux pour nous endormir. Tu seras le seul, Jamal, à qui je pourrai dire simplement : « Tu te souviens du café de Fayçal ? » sans que cela te lasse. Et dès que je poserai ma question, la place entière resurgira en toi. Et la ville derrière, avec ses bruits, sa pollution et son vacarme.

Nous ne pouvons que vieillir ensemble désormais, mon frère. Je deviens fou si je te perds. Je ne veux pas voir mes fils lever les yeux au ciel lorsque je leur parlerai, pour la centième fois, du cousin de Port-Soudan. Que comprendront nos enfants à ces deux vieillards nostalgiques que nous serons devenus ? Les rites que nous leur enseignerons les ennuieront. La langue que nous leur parlerons leur fera honte. Nos habits. Notre accent. Ils voudront se cacher de nous. Et nous le sentirons. Car il nous arrivera à nous-mêmes de vouloir nous cacher. Je ne veux pas les entendre soupirer lorsque je dirai que la menthe du jardin de ma mère était la meilleure au monde, alors je ne le leur dirai pas. Et c'est vers toi que j'irai. Toi seul seras d'accord avec moi. Ces évocations lointaines, comme à moi, te feront du bien. Nous goûterons le doux soulagement des exilés qui parlent de leur manque pour tenter de le combler. Nous vieillirons ensemble, mon frère. Promets-le-moi. Ou je ne vieillirai pas.

Nous faisons le trajet du retour en silence. Il fait nuit dehors. Les rues sont encore agitées d'un million de discussions et de trafics. Jamal gare la voiture devant la maison. Je songe que c'est la dernière fois que je m'extrais de ce vieux fauteuil. Comme c'est étrange de dire adieu à sa vie. Je vois passer les mille détails qui la constituent. Le trousseau de clefs. Le bruit que fait la porte d'entrée lorsqu'elle s'ouvre en soupirant. L'odeur des tapis dans le couloir. Tout ce qui passe sous mes yeux y passe pour la dernière fois.

La mère est là. Qui nous attend. Et que nous ne reverrons pas. Elle va mourir ici avant que nous ne puissions la faire venir près de nous. C'est certain et nous le savons tous deux. Elle sait qu'elle voit ses fils pour la dernière fois et elle ne dit rien parce qu'elle ne veut pas risquer de nous décourager. Elle restera seule, ici, avec l'ombre de notre père. Elle nous offre son silence, avec courage. Nous ne partons que parce qu'elle accepte de ne pas nous retenir. Aucun de nous deux n'aurait la force de le faire si elle ne consentait à ce départ. Elle offre son silence. Et il lui faut une force violente pour contenir ses sanglots de mère.

Elle est là, oui, qui nous attend. Elle a sûrement déjà commencé à réunir quelques affaires. Dans une seconde, nous les rejoindrons au milieu du salon. Dans une seconde, nous plongerons nous aussi, tête baissée, dans ce tas d'affaires, en nous demandant ce qui doit rester et ce que nous pouvons prendre. Il faudra faire de la place. Nous pleurerons sûrement en renonçant à une veste ou à une photo. Tout commence maintenant, Jamal. Tu as posé les clefs de la voiture sur la table, nous allons marcher jusqu'au bout du salon et entrer dans la chambre où notre mère, déjà, s'escrime à faire tenir nos vies dans de petits sacs. La nuit sera longue. Et toutes les autres désormais jusqu'à notre arrivée. Je longe la table du salon. Je pose les dattes dessus. Ces fruits resteront ici plus longtemps que nous. Je voudrais qu'ils y restent pour l'éternité. Je voudrais pouvoir être sûr que dans dix ans, dans vingt ans, lorsque je reviendrai avec toi dans cette maison, nous pourrons nous asseoir, côte à côte, et manger ces dattes que nous y avons laissées. Retrouver dans la bouche – d'un coup – le goût d'ici. Je les pose sur la table. Tu te retournes vers moi. Tu me regardes un instant. Et je comprends que c'est comme de prendre ton souffle avant la plongée.

C'est le dernier instant où nous avons le temps. Dans une seconde, nous ne connaîtrons plus que l'urgence et la peur. Faire vite. Boucler les valises. Ne pas faire de bruit pour que les voisins ne soupçonnent rien. Trouver notre passeur. Ne pas perdre l'argent. Dans une seconde, nous serons comme des animaux craintifs qui sursautent à chaque éclat de voix. Je suis heureux qu'en ce dernier instant de paix tu m'aies regardé, mon frère.

Nous sommes deux. Et je comprends que tu es comme moi. Tu as besoin de me savoir sur tes pas. Tu as besoin de ma voix pour ne pas défaillir. Je te suis, mon frère. Tu pousses la porte de la chambre. Ça y est. Nous allons partir. Notre grand voyage commence là. C'est la fin d'une vie. Je reste près de toi. Nous emmènerons la maison, nous emmènerons notre mère et la place de l'Indépendance, nous emmènerons les dattes et les vieux fauteuils de la voiture partout où nous irons. Tant que nous serons deux, la longue traîne de notre vie passée flottera dans notre dos. Tant que nous serons deux, tout sera bien. Partons, mon frère. Je te suis.

III

Tempêtes

— Pourquoi lui ai-je donné mon arme ?

Le commandant avait quitté son appartement avec précipitation pour venir rejoindre son ami Angelo. Il avait enfoui la lettre qu'il venait de recevoir dans sa poche, bien décidé à la montrer au vieux buraliste, et il s'était dirigé vers l'*edicola* de la piazza Placido.

Sur le chemin, il n'avait cessé de penser à la femme du *Vittoria*. Cela faisait maintenant plusieurs mois qu'avait eu lieu leur rencontre. Il était retourné à sa vie mais sans jamais abandonner l'idée qu'il la reverrait un jour. Pour lui, elle était encore là, à Catane. Elle marchait dans les mêmes rues que lui et ils ne tarderaient pas à se croiser à nouveau. Il s'en était voulu de l'avoir laissée partir ainsi, le soir de leur rencontre, et il attendait l'occasion de pouvoir se racheter. Il y avait quelque chose dans cette femme, quelque chose de cassé et d'altier à la fois, qui l'attirait. Elle lui avait manqué dès qu'elle avait quitté l'appartement et il pensait souvent aux mots qu'il prononcerait lorsqu'elle serait à nouveau face à lui. Mais la lettre qu'il venait de recevoir ruinait tous ces espoirs. Le commandant se rendit compte que bizarrement, il n'avait jamais envisagé sérieusement l'hypothèse qu'elle fût réellement partie. C'était pourtant bien ce qui s'était produit.

Maintenant, il n'y avait qu'à Angelo qu'il pouvait parler de tout cela. C'était le seul à qui il avait parlé de cette rencontre, le seul qui aurait la curiosité de savoir comment se prolongeait cette histoire.

Il avait trouvé son ami devant sa boutique, en train de tirer le rideau de fer. Le vieil homme l'avait fait entrer dans le petit local silencieux, au milieu des magazines en piles et des présentoirs de cartes postales. Avant même de s'être installé, le commandant lui avait tendu la lettre en lui disant, d'un air pressé :

— Tiens, Angelo. J'ai reçu ça tout à l'heure. Lis.

Angelo prit la lettre dans ses mains. Elle datait d'une dizaine de jours et avait été postée du Liban. Il l'ouvrit et lut : « J'ai trouvé une place sur le *Sakala*. De Beyrouth, je vais rejoindre Damas pour accomplir ce que je dois. Souvenez-vous de moi. »

Lorsqu'il eut terminé, il rendit la lettre au commandant qui le regarda avec de grands yeux :

— Alors ? demanda Salvatore Piracci.

— Je vais chercher des *arancini*, répondit Angelo. Installe-toi.

Les deux hommes s'étaient récemment découvert cette passion commune. Ils raffolaient de ces petites boulettes de riz rebondies et fondantes, pleines de mozzarella et de ragoût à la viande, qu'Angelo appelait des « seins d'ange ». Le matin même, il en avait trouvé chez un nouveau marchand et il se faisait une joie de les faire goûter à son hôte.

Salvatore Piracci s'installa au milieu des piles de journaux et des magazines silencieux, dans cette odeur particulière de papier qui dort. Il savait qu'ils avaient la nuit devant eux pour parler. Que son ami l'écouterait et qu'il allait pouvoir tout dire, avec tranquillité. Le vieil homme revint de l'arrière-boutique avec un plateau sur lequel étaient posés deux verres à pied, une bouteille de vin blanc et une assiette remplie d'*arancini*. Le commandant attendit qu'il fût installé et qu'il lui tendît un verre rempli – signe que la discussion pouvait commencer. Alors il lui dit avec une voix d'enfant angoissé :

— Pourquoi lui ai-je donné mon arme ?

— Parce qu'elle le voulait, répondit simplement le vieux buraliste. Et comme Salvatore Piracci restait interdit, il ajouta : Elle le voulait. De tout son être. Combien de fois dans ta vie, Salvatore, as-tu vraiment demandé quelque chose à quelqu'un ? Nous n'osons plus. Nous espérons. Nous rêvons que ceux qui nous entourent devinent nos désirs, que ce ne soit même pas la peine de les exprimer. Nous nous taisons. Par pudeur. Par crainte. Par habitude. Ou nous demandons mille choses que nous ne voulons pas mais qu'il nous faut, de façon urgente et vaine, pour remplir je ne sais quel vide. Combien de fois as-tu vraiment demandé à quelqu'un ce que tu voulais ?

— Je ne suis pas sûr de l'avoir jamais fait, répondit Salvatore Piracci en souriant.

— Et si tu l'avais fait, continua Angelo, crois-tu vraiment que l'on aurait pu te dire non ?

— Tu as raison, dit-il.

— Une femme vient chez toi et te demande quelque chose de tout son être. Personne ne pouvait faire autrement que ce que tu as fait. Parce que la volonté rend beau et que devant la beauté, l'homme, heureusement, a encore le réflexe, parfois, de se mettre à genoux.

— Pourquoi m'écrit-elle cette lettre ? demanda alors le commandant.

— Je ne sais pas, dit Angelo. Puis il se reprit et ajouta : Pour faire de toi le témoin de son voyage. Pour qu'il y ait au moins un homme, quelque part, qui sache vers quoi elle est allée. Pour te remercier aussi peut-être de ton geste. Ou simplement pour que le néant n'engloutisse pas tout entière son histoire.

Salvatore Piracci acquiesça. Puis il dit avec une voix calme et résolue :

— Je me demande parfois si ce n'était pas à moi d'y aller.

— Où ?

— À Damas. Plutôt que de lui donner mon arme, j'aurais dû partir avec elle et le tuer moi-même. Après tout, cela entre presque dans le cadre de mes fonctions. Ce serait un prolongement naturel de la lutte contre l'immigration clandestine.

Et d'un coup, il finit son verre. Angelo resta un long temps silencieux, puis il ajouta :

— Qui sait si elle le tuera ?

— Tu crois qu'elle ne le fera pas ? demanda Salvatore Piracci.

— Je ne sais pas, répondit Angelo en retroussant les lèvres d'un air dubitatif.

— Lorsqu'elle a débarqué à Beyrouth, reprit Salvatore Piracci, tout, certainement, a dû lui revenir avec violence.

— Tout quoi ? demanda Angelo.

— Les foules qui se pressent pour monter sur les bateaux ou en descendre, les ordres que l'équipage en manœuvre se crie d'un bout à l'autre du pont, l'agitation industrieuse des quais, tout a dû lui rappeler le voyage qu'elle avait fait deux ans plus tôt avec son enfant.

— Oui.

— Beyrouth lui a certainement sauté au visage, enchaîna Salvatore Piracci, parce qu'elle avait connu ces lieux avec son fils. Elle avait arpenté ces rues avec lui. Les deux années qui la séparaient du drame ont dû s'effacer en une seconde. Le manque de son enfant l'a submergée. Le désir de le sentir au creux de ses bras, de l'entendre crier l'a mise à la torture.

— Tu as raison, dit Angelo. Elle n'a pas dû pouvoir rester longtemps dans cette ville vide de son fils. Peut-être a-t-elle pensé remonter à bord du premier bateau pour l'Europe. À moins qu'elle ne se soit concentrée sur l'idée de rejoindre Damas. Oui. C'est certainement ce qu'elle a fait. Damas. Comme seule obsession.

Les deux hommes se turent. Ils étaient maintenant habités par les mêmes visions. Cette femme emplissait leur esprit à tous deux. Angelo l'imaginait sur les boulevards de Beyrouth, le rouge aux joues, la respiration courte, le ventre dur et noué, cherchant avec frénésie un taxi pour se soustraire à cette ville qui l'étouffait. Salvatore Piracci l'imaginait assise à l'arrière de ce taxi, respirant pour la première fois avec calme. Elle avait certainement demandé au chauffeur de rouler vite, pensait-il, toutes vitres baissées, pour sentir l'air du dehors lui battre les tempes. Elle avait contemplé la terre qui défilait sous ses yeux, avec soulagement. Il voyait le taxi rouler à vive allure, dépassant de lourds camions qui soulevaient des nuages de poussière rouge. Elle souriait. Tout allait enfin avoir lieu. Elle avait hâte. Elle ne tarderait plus à découvrir les traits de celui qui avait brisé sa vie.

D'un coup, Salvatore Piracci rompit le silence de leur rêverie partagée et demanda d'une voix brusque :

— Combien d'autres bateaux a-t-il affrétés depuis le *Vittoria* ?

— Qui ? Hussein Marouk ?

— Oui. Est-ce qu'il a continué pendant plus de deux ans à lancer sur la mer des navires surpeuplés ? Combien d'autres nourrissons sont morts ? Et s'il s'est reconverti, si cette vie est désormais derrière lui et qu'il vit maintenant paisiblement dans l'honnêteté, qu'a-t-elle fait ? A-t-elle hésité ?

Angelo réfléchit longuement. Il pesa le pour et le contre avec sérieux. Puis, la voix claire, sans trembler, il répondit :

— Non. Et ajouta : Il n'y a pas de rachat. Il faut payer.

Et étrangement, ce fut comme si ces deux hommes venaient d'exprimer un jugement irréversible qui vouait véritablement Hussein Marouk à la mort. Salvatore Piracci se resservit un verre de vin, puis il reprit, lentement, comme s'il se parlait à lui-même :

— Tu as raison. Si elle le trouve, elle ira jusqu'au bout. Quoi qu'il soit devenu. Il y avait cela dans son regard. Cette volonté-là.

Ils marquèrent alors un temps de silence. Chacun retournant à ses pensées. Salvatore Piracci reprit un *arancino* en pensant que son ami avait raison : ils étaient délicieux, les meilleurs qu'il ait jamais mangés. Puis il fit part au vieux buraliste de ce qui lui passait par la tête :

— Quelle étrange sensation cela a dû être de découvrir enfin le visage de Hussein Marouk, dans les rues de Damas ! Après de longues journées de recherche, elle a bien dû finir par le trouver. À une terrasse, là, assis devant elle à quelques mètres à peine, discutant avec un ou deux autres hommes, ou seul devant une tasse de café.

— Oui, enchaîna Angelo comme si ce que venait de dire le commandant faisait naître en lui une vision qu'il devait exprimer avant qu'elle ne s'efface. Elle l'a certainement suivi jusqu'à son domicile pour voir où il vivait. Elle a dû travailler à établir un emploi du temps précis. Faire le guet. Connaître les magasins où il allait, les cafés qu'il fréquentait. Savoir où et quand elle pouvait le trouver. Les jours ont dû être longs d'attente et de patience. Les jours ont dû être longs de labeur et de silence. Et puis l'instant est venu.

— À moins qu'il ne soit encore à venir, dit Salvatore Piracci, s'étonnant lui-même de cette idée qui naissait en lui. Au fond, nous ne le saurons jamais.

— Non, acquiesça Angelo.

Et ils comprirent que s'ils éprouvaient le besoin, tous les deux, en cette étrange soirée, d'imaginer le destin de cette femme, c'était probablement parce qu'ils ne sauraient effectivement jamais rien de sa fin et que cette ignorance était insupportable.

— Cela a peut-être lieu en ce moment, dit le commandant. À l'instant même où nous parlons. Là. Maintenant. Il y a peut-être, à l'heure qu'il est, un corps sur les trottoirs de Damas.

— Ou plusieurs, reprit Angelo. Des sirènes de police hurlent dans les rues pour se frayer un passage parmi les badauds. Elle est en fuite.

Il prit un temps de silence pour l'imaginer le souffle court, le regard nerveux, reprenant sa respiration au coin d'une rue, puis il continua :

— À moins que cela ne se soit passé à l'intérieur d'une maison. Dans le silence épais de la nuit. Elle a tiré. Le corps de Hussein Marouk est à ses pieds. Les gardes du corps de la victime – ou ses amis – sont sur le point de la saisir, de la maîtriser, de la frapper...

Il se tut. Il sentait que ses mots ne parviendraient pas à décrire avec précision ce qu'il avait à l'esprit. Et étrangement ce silence était la meilleure façon d'inviter Salvatore Piracci à partager sa vision. Ils la voyaient tous les deux, là, dans ces secondes suspendues entre le meurtre et l'arrestation. Elle ne quittait pas le corps des yeux. Comme pour se persuader de sa mort. Un bien-être lointain montait en elle qu'elle n'avait pas connu depuis longtemps. Elle était bien. Son sang véhiculait une douce chaleur. Elle était là, à quelques secondes d'être maîtrisée par des bras violents, mais elle souriait, en paix.

— Elle est allée à son destin, finit par dire Angelo.

— Que veux-tu dire ?

— Qu'elle réussisse ou qu'elle échoue, peu importe, en allant là-bas, elle est allée à la mort. Elle le savait d'ailleurs. C'est pour cela qu'elle a écrit ce mot. C'est ainsi qu'il faut penser à elle désormais. Comme à une morte.

Cette dernière phrase heurta Salvatore Piracci. Il trouva Angelo bien brutal pour formuler les choses de cette manière. Et c'est avec une pointe de mauvaise humeur qu'il lui répondit :

— J'ai le sentiment qu'elle est infiniment plus vivante que moi. Elle a décidé quelque chose et elle s'y tient. Je l'envie pour cela.

— Pourquoi dis-tu cela ? demanda Angelo en lui reservant un verre de vin, surpris de la pointe d'irritation qu'il avait perçue dans la voix de son ami.

— Je vais continuer, dit le commandant. De Catane à Lampedusa. Aller-retour. Sans cesse. Des barques vides. Des barques pleines. La migration des nations. Je vais continuer. Une vie entière de patrouilles.

— J'ai bien passé ma vie à construire des routes, dit Angelo en riant.

— Oui, mais tu as fini par tout quitter.

— Pour vendre des journaux ! s'exclama le vieil homme. Maigre révolution !

Angelo aurait voulu rire mais il vit que Salvatore gardait le visage fermé. Il était aux prises avec des pensées qui probablement le torturaient depuis longtemps.

— Tu sais ce qu'ils nous disaient à l'école de commandement ? reprit Salvatore Piracci avec une grimace de dégoût sur le visage.

Le vieil homme fit non de la tête.

— Ils nous disaient que nous étions là pour garder les portes de la citadelle. Vous êtes la muraille de l'Europe. C'est cela qu'ils nous disaient. C'est une guerre, messieurs. Ne vous y trompez pas. Il n'y a ni coups de feu ni bombardements mais c'est une guerre et vous êtes en première ligne. Vous ne devez pas vous laisser submerger. Il faut tenir. Ils sont toujours plus nombreux et la forteresse Europe a besoin de vous.

— Discours huilés, discours mensongers, dit le vieux Sicilien en allumant une cigarette et en plissant les yeux.

— J'y ai cru, moi, reprit Piracci. Je ne parle pas de politique ou d'idéologie, non, mais j'y ai cru parce que pendant longtemps c'est cela que je ressentais lorsque j'étais en mer. J'observais l'horizon aux jumelles. Je contrôlais le radar. Repérage. Chasse. Interception. J'ai longtemps été, au large des côtes, un des gardiens de la citadelle.

— Et maintenant ? demanda Angelo.

— Je suis fatigué, répondit laconiquement Piracci.

— Fatigué ?

— Oui. Lorsque je pense à ces hommes qui ont le regard fixé sur l'horizon avec impatience et appétit, je les envie. Je me dis que je ne suis que la malchance, le visage laid de la malchance. Ceux que j'attrape ne sont qu'une infime partie de ceux qui tentent la traversée. Ceux que j'intercepte sont ceux qui n'ont même pas la chance de leur côté. Depuis près de vingt ans, je promène ma silhouette sur la mer et je suis le mauvais œil qui traque les désespérés. C'est de cela que je suis épuisé.

Angelo ne répondit rien. Il n'y avait rien à ajouter. Il comprenait ce que Salvatore Piracci venait de dire. Il était d'accord avec lui. Lui offrir de fausses paroles de réconfort aurait été indécent puisqu'il avait dit juste.

— Tu vois, Angelo, reprit le commandant, quand je repense à cette rencontre avec la femme du *Vittoria*, je ne peux m'empêcher de me dire que je lui ai donné mon arme mais que je ne sais pas ce qu'elle m'a donné en échange.

Le vieux Sicilien prit son temps avant de répondre puis il murmura :

— L'insatisfaction.

Le commandant sourit. Peut-être avait-il raison. Depuis cette rencontre tout lui pesait davantage. Le dégoût ne lui laissait guère de répit. Il rechignait à remettre ses pieds dans les traces de sa vie d'autrefois. Elle lui avait offert cela, peut-être, la gifle des pauvres, l'impérieux besoin de désirer.

Ils continuèrent à parler, encore. Pour laisser tout doucement les visions s'estomper en eux et la nuit reprendre ses droits. Ils finirent leurs verres et les quelques *arancini* qui restaient. Dans l'esprit de Salvatore

Piracci, une certitude était née sans qu'il sache si elle allait le rendre plus fort ou plus vulnérable. Contrairement à ce qu'il avait pensé durant toutes ces semaines, il était maintenant contraint d'admettre que la femme du *Vittoria* ne reviendrait pas. Qu'ils ne se reverraient jamais. Au fond, Angelo avait raison : elle était morte. C'est ainsi qu'il fallait penser à elle.

Un peu plus tard dans la soirée, le commandant dit d'une voix basse, sans relever les yeux :

— Il faut que je parte.

Et Angelo ne répondit rien car il ne savait pas si Piracci avait dit cela pour signifier qu'il était l'heure de rentrer chez lui ou s'il s'agissait d'une plus profonde décision.

Ils n'eurent pas le temps d'achever leur soirée paisiblement. On frappa à la porte de l'*edicola*. Angelo sursauta. Il était maintenant presque une heure du matin, et pourtant une silhouette était bien là qui frappait à la porte en collant son visage contre la vitre.

— Commandant… Commandant…, finit par entendre Salvatore Piracci.

Et il reconnut la voix de Matteo. Comme il n'était pas en permission mais simplement en escale technique, il avait dû informer son second de l'endroit où il allait.

— C'est pour moi, Angelo, dit-il alors en se levant d'un bond, laissant toutes ses pensées derrière lui, dans le doux vin de l'amitié.

Lorsqu'il ouvrit la porte, l'air froid lui sauta au visage. Il vit à l'expression de son second que la situation était grave. Avant que l'autre n'ait le temps de lui parler, il dit :

— Marchons, Matteo, tu m'expliqueras tout en chemin.

Et ils disparurent dans la nuit calme sans réveiller les chats blottis contre les poubelles.

— Alors ? lança le commandant d'un ton énervé, sans ralentir le pas bien qu'il sentît que son second avait du mal à le suivre.

— Ils ont secouru un cargo qui avait lancé un appel de détresse pour avarie...

— Où ?

— Dix milles de Catane...

— Quelle heure ?

— Zéro heure dix, dit le second en ayant du mal à reprendre son souffle.

— En quoi cela nous concerne-t-il ? demanda alors le commandant.

— Le cargo était plein de clandestins.

Ils arrivaient en vue du port. L'humidité se faisait plus pénétrante encore que dans les ruelles de la vieille ville.

— Ils les ont recueillis ? demanda Salvatore Piracci, et son ton commençait à trahir une certaine mauvaise humeur.

— Non, murmura le second. Il n'y avait personne à bord. C'est un membre de l'équipage qui a fini par craquer. Il a raconté qu'après avoir émis l'appel au secours, ils avaient mis tous les clandestins dans les canots de sauvetage et les avaient laissés à la mer. Place nette. On n'a effectivement retrouvé aucun des canots sur le cargo. Le type a donné une idée de la zone où a eu lieu le décrochage.

Le visage du commandant se ferma. La nuit semblait maintenant lui peser de tout son poids sur les épaules, avec haine.

— Combien de barques ? demanda-t-il.

— Cinq, d'après le type.

— Comment est la mer ? demanda-t-il en pénétrant dans le port.

Et son second lui répondit d'un mot :

— Sauvage.

Le commandant serra les dents. Il connaissait ce genre de situation. Il en avait déjà vécu. Mais jamais il n'avait pu s'habituer à cette tension de l'urgence. Avec les années, il avait appris à garder son calme vis-à-vis de ses hommes. Il semblait parfaitement serein et maître de ses nerfs, mais au fond, il était ce soir comme à vingt ans : bouillonnant de rage, de peur et d'excitation. Et il monta à bord de la frégate avec la même nervosité que lorsqu'il était jeune homme, conscient qu'un combat allait se jouer et que les hommes, sur le dos bombé de la mer, ne sont rien.

Ce n'est que lorsque les lumières de Catane disparurent à l'horizon qu'ils eurent véritablement l'impression de s'enfoncer dans la poix. Le ciel et la mer étaient du même noir et on distinguait à peine quelques traînées d'écume que la lune çà et là éclairait entre deux nuages. Il pleuvait de plus en plus dru. Ils eurent le sentiment de plonger dans un corps vivant. Tout bruissait autour d'eux. Tout tanguait, crachait et soufflait. Ils sentaient qu'ils n'étaient pas de taille. Que les hommes n'étaient pas à l'échelle de cette masse puissante qui se cabrait et roulait, qui grondait et se gonflait, jouant avec le vent et la pluie. Ils n'étaient rien que des êtres de chair minuscules face à un continent d'eau qui avait entrepris ce soir de se tordre en tous sens.

Le second avait dit juste : la mer était sauvage. Elle n'était pas en furie, elle ne cherchait pas à engloutir à tout prix les hommes, elle vivait simplement, sans en tenir compte. C'est ce qui leur donna à tous la sensation qu'il valait mieux ne pas trop se faire remarquer, faire le moins de bruit possible, ne pas la heurter frontalement. Il était préférable qu'elle continue à ignorer leur présence.

Pour se rassurer et pour rester concentrés, les hommes gardaient les yeux fixés sur les lumières du bateau, les feux de position, l'écran radar. Tous, sauf le commandant. Lui ne pouvait quitter des yeux les masses énormes qui roulaient à l'infini. « On dirait le corps d'un cétacé, pensait-il, une baleine immense qui se secouerait et ondulerait indéfiniment, sans pensée, sans volonté, par une sorte de nervosité soudaine et insondable. »

La nuit grondait. La mer semblait vouloir manger les étoiles et il trouvait cela rassurant.

Lorsqu'ils furent à quelques milles de la zone qui leur avait été signalée, tout à coup, les oscillations marines cessèrent. « La chance est avec nous », pensa le commandant. Le ciel s'éclairait. Il fut à nouveau possible de distinguer une ligne d'horizon. La lune s'était libérée des nuages et faisait briller le dos froissé des flots. C'était comme une sorte de soulagement au cœur d'un tumulte sourd. La frégate fila dans un silence paisible. Les hommes, maintenant, observaient la mer à la recherche d'une lumière ou d'un son. Ils étaient habitués à se mettre à l'écoute du moindre murmure de l'eau et à en déceler la plus infime étrangeté.

La recherche avait commencé et comme à chaque fois, Salvatore Piracci se dit à lui-même : « Quel étrange métier nous faisons. Nous voilà à la recherche de cinq barques dans l'immensité et pourquoi ? »

Au fond, ces histoires d'émigration et de frontières n'étaient rien. Ce n'était pas cela qui lui faisait quitter le port pour aller piocher dans la nuit la plus noire. À cet instant précis, il n'y avait plus de bâtiment de la marine militaire et de mission d'interception. Il n'y avait plus d'Italie ou de Libye. Il y avait un bateau qui en cherchait un autre. Des hommes partaient sauver d'autres hommes, par une sorte de fraternité sourde. Parce qu'on ne laisse pas la mer manger les bateaux. On ne laisse pas les vagues se refermer sur des vies sans tenter de les retrouver. Bien sûr, les lois reviendraient et Salvatore Piracci serait le premier à réendosser son uniforme. Mais à cet instant précis, il cherchait dans la nuit ces barques pour les soustraire aux mâchoires de la nature et rien d'autre ne comptait. Alors il murmura à son second :

— Ceux-là, nom de Dieu, on va les retrouver.

Et le jeune homme tressaillit de la volonté qui émanait de sa voix.

— Je crois que l'on tient quelque chose, commandant.

Cela faisait une demi-heure que la frégate avait réduit son allure et balisait la zone où avait potentiellement eu lieu la mise à l'eau des clandestins. Les hommes s'étaient postés sur le pont et épiaient le fond de la nuit tandis que le commandant et son second scrutaient le radar. C'était la voix du second qui venait de retentir. Il montrait du doigt l'écran. Le commandant tourna la tête. Une pâle lueur apparaissait effectivement, par intermittence :

— Vous pensez que c'est eux ? demanda le second.

— C'est sûr, répondit Salvatore Piracci. La question est de savoir combien de barques nous allons trouver, et avec combien de survivants à bord.

Il donna des ordres avec célérité pour mettre le cap sur ce que le radar désignait comme une pâle tache de vie. La frégate avança lentement, pour ne pas risquer d'entrer en collision avec une embarcation. On alluma tous les feux extérieurs afin d'être le plus repérable possible.

Le commandant sortit à son tour. Il se pencha au-dessus des rambardes :

— Allez, murmura-t-il en s'adressant aux éléments, rends-les-nous. Sois bonne. Rends-les-nous tous.

Soudain, la voix de Gianni retentit. C'était le plus jeune de l'équipe. Il s'était posté à l'avant et venait de dire : « Commandant ! » d'une voix claire, comme pour appeler tous les hommes à une écoute attentive, levant le doigt vers le ciel comme s'il fallait fixer ce point imaginaire, non pas des yeux mais de l'ouïe. Tous se figèrent pour ne faire aucun bruit. D'abord ils n'entendirent que le roulement des vagues. Un irrégulier mais perpétuel mouvement d'eau et de légère bise. Puis, de façon lointaine, le commandant perçut, oui, comme une voix. Il la perdit plusieurs fois. Une voix minuscule. Il tendit encore l'oreille. C'était bien cela. Quelque chose chantait au loin. Tous maintenant avaient perçu l'étrange mélodie. On aurait dit que les flots chantaient, que là, au milieu de nulle part, une voix sortait du ventre de la mer. Ils se rapprochaient doucement et pouvaient maintenant distinguer que c'était une voix d'homme. Comme une plainte douce que l'on murmure aux vagues jusqu'à épuisement.

Ils restèrent longtemps silencieux. Absorbés par l'écoute de cette étrange musique qui berçait la mer, oublieux de leur mission, de l'urgence du sauvetage. Le temps était suspendu. Personne n'avait envie de parler. On eût dit que la frégate avançait seule, lentement, et qu'elle se dirigeait d'elle-même vers la voix de la nuit.

Enfin, le commandant reprit ses esprits et ordonna d'une voix forte qui vint briser l'instant suspendu :

— Faites retentir l'alarme !

Alors, de l'intérieur de la passerelle, le second actionna l'alarme et un énorme vagissement sortit des tripes du navire, sourd et rocailleux. Cette longue note lourde qui faisait trembler les boulons sur le pont avait répondu à la voix fragile mais paradoxalement, malgré sa puissance, elle semblait moins forte que le chant têtu qui berçait la mer et la tenait assagie.

Ils finirent par apercevoir les embarcations. À deux cents mètres. À peine. Ballottées par les flots.

— Combien ? demanda le commandant.

— Deux, répondit Gianni.

— Deux, ça ne suffit pas, maugréa le commandant à part soi.

Le surgissement de nulle part de la frégate fut accueilli par des hurlements de joie dans les deux canots. « C'est bon signe », pensa le commandant. Il savait que les hommes véritablement épuisés, ceux qui ont vu mourir leur voisin ou qui se battent contre la faim, ne crient pas.

Gianni jeta une échelle de corde et l'opération de montée à bord put commencer. Il n'y avait manifestement ni blessés ni personne dont l'état empêchait le transport. Cela allait être simple et rapide. Le commandant resta sur le pont et observa les silhouettes qui, les unes après les autres, s'extrayaient de leur canot et s'agrippaient avec rage à l'échelle qui allait les sauver. Pour un instant encore, il était en train de sauver des vies. De soustraire des êtres à l'engloutissement. Pour un instant encore, il n'y avait que cela. Dès qu'ils auraient tous pris pied à bord, il allait devoir redevenir le commandant italien d'un navire d'interception. Il aurait voulu que cet instant s'étire éternellement, que ce soit cela son métier : une quête dans la nuit à la recherche d'embarcations perdues. Un combat entre lui et la mer. Rien d'autre. Reprendre les hommes à la mort. Les extirper de la gueule de l'océan. Le reste, tout le reste, les procédures d'arrestation, les centres de détention, les tampons sur les papiers, tout cela, à cet instant, était dérisoire et laid.

— Est-ce que l'un d'entre vous parle italien ou anglais ?

Le petit groupe d'émigrants se tenait serré les uns contre les autres, sur le pont, ne sachant plus que faire de leur corps, ignorant s'ils avaient le droit d'aller et venir ou s'il fallait qu'ils se tiennent immobiles et tête basse, comme des prisonniers.

Les deux barques vides avaient été abandonnées à la mer qui s'amusait maintenant à les faire danser avant de se décider à les avaler. Salvatore Piracci ne s'était pas trompé. À l'instant même où le dernier d'entre eux avait posé le pied sur la frégate, il était redevenu le commandant de marine que son uniforme annonçait. Il contemplait ces hommes. Il n'y avait pas une seule femme, que des jeunes gens et il lisait dans leurs regards un mélange de reconnaissance et de peur. Ils devaient s'imaginer qu'on allait maintenant les mettre à fond de cale. En les observant, le commandant pensa : « Quel étrange métier… Nous sauvons des vies. Nous partons à la recherche d'hommes perdus qui se noieraient sans notre aide ou crèveraient de faim, des hommes qui nous espèrent de toute la force de leur vie et dès que nous les trouvons, chacun se regarde avec crainte. Ni embrassade, ni joie d'avoir été plus rapide que la mer. Nous cherchons des hommes sur les flots et dès que nous les trouvons, nous redevenons des policiers sévères. Aux arrêts. C'est cela qu'ils attendent. Que je les mette aux arrêts... »

— Oui, moi. Un jeune homme venait de faire un pas en avant et, en souriant timidement, avait répondu à la question du second : Je parle anglais.

Le commandant l'observa. C'était un homme d'une trentaine d'années. On sentait dans ses yeux une certaine douceur. « Celui-là est père de famille, pensa Salvatore Piracci. Rien à voir avec les autres qui sont de jeunes chiots de vingt ans partis pour tenter leur chance, ou pour braver le sort et faire les fiers à leur retour. Celui-là, il est ingénieur ou médecin. Il est ici pour les siens. Parce qu'il enrage que rien ne soit possible chez lui. »

— Est-il exact qu'il y avait cinq barques ? demanda-t-il.

— Oui, monsieur.

— Ils vous ont obligés à descendre dedans après avoir constaté l'avarie du cargo ?

— Oui, monsieur.

— Avez-vous une idée d'où sont les trois autres ?

— Nous avons d'abord essayé de rester tous ensemble, expliqua l'homme et il parlait un anglais fluide et sans fautes. Cela nous semblait plus sage. Tous ensemble. Nous pensions qu'il serait plus facile de nous retrouver. Mais la mer a commencé à s'agiter et cela devenait de plus en plus difficile. Nous n'avions pas de corde pour attacher les canots les uns aux autres. Il y a d'abord eu une barque qui s'est décrochée du groupe. Puis la mer est devenue vraiment mauvaise. Notre groupe a explosé. Deux d'un côté, deux de l'autre. Nous ne voyions plus rien. Les vagues faisaient des creux immenses. C'est un miracle que nous ayons pu rester côte à côte.

— C'était il y a combien de temps ? demanda le commandant.

— Deux heures, répondit l'homme en regardant sa montre.

— Merci, conclut le commandant. Dites aux autres qu'il vaut mieux qu'ils rentrent à l'intérieur pour ne pas gêner la manœuvre. Mes hommes leur distribueront des couvertures.

L'homme acquiesça. Il parla au groupe qui se mit doucement en branle pour se réfugier à l'abri. Mais au lieu de le suivre immédiatement, l'interprète se dirigea vers le commandant et lui tendit la main.

— Merci, dit l'homme avec chaleur. Puis il porta sa main à son cœur et répéta : Merci, en baissant la tête.

— Ne me remerciez pas, dit doucement le commandant.

Son interlocuteur prit cela pour de la modestie mais ce n'était pas ce que voulait dire Piracci. Il pensait à ce qui allait se passer pour cet homme. Au centre de détention. Au renvoi dans son pays. À l'échec toujours renouvelé et il ne voulait pas être remercié. C'est alors que l'homme reprit la parole d'une voix calme :

— J'ai échoué. Ce n'est pas grave. Je vais retourner chez moi. Je réessaierai. Mais j'allais mourir noyé, là, au milieu de nulle part, avec de l'eau dans la bouche, dans les yeux, dans les poumons. Juste un corps pour nourrir les poissons. Vous m'avez sauvé de cela.

Puis, sans que le commandant ait le temps de répondre, il disparut en direction de la cabine pour rejoindre ses camarades qui goûtaient déjà, avec délices, la chaleur douce de la vie retrouvée.

— Que fait-on ? demanda Gianni en se rapprochant.

Salvatore Piracci sursauta. La question venait de le sortir de ses pensées.

— Comment ça, que fait-on ? répliqua-t-il.

— On les ramène à Lampedusa ?

— Qu'est-ce qu'on fait, à votre avis ? On cherche. On rallume les gaz et on fouille chaque mètre cube. Vous croyez qu'on va laisser trois barques derrière nous ?

À l'instant où la frégate rugit à nouveau, la pluie se remit à tomber et le commandant sut, d'un savoir instinctif de marin, que la mer s'était réveillée et que le vrai combat allait commencer.

La mer se creusa à nouveau, mais cette fois avec fureur. Les mouvements de l'eau semblaient traduire de l'irritation. Les vagues venaient de plusieurs côtés à la fois, obéissant à deux maîtres différents qui se faisaient la guerre, le vent et les courants. La pluie grêlait la surface des eaux de mille petites verrues. Le commandant entreprit de baliser la zone mais, très vite, il s'avéra qu'on ne voyait rien dehors. Cela ne servait à rien de tendre l'oreille ou d'essayer de percer la nuit à l'œil nu. La mer avait décidé de redevenir opaque et brusque.

Les hommes rentrèrent les uns après les autres pour se sécher les cheveux et continuer leur traque en observant l'écran radar. Seul Salvatore Piracci resta sur le pont, bien accroché à la rambarde, le visage fouetté par le vent et les trombes d'eau qui giclaient de tout côté. Il fixait l'immensité alentour, persuadé qu'une lumière viendrait trouer l'obscurité, qu'un chant, à nouveau, allait retentir. Il voulait les trouver. Chercher toute la nuit s'il le fallait, mais les trouver.

Il ordonna à son second qui était sur la passerelle de faire retentir régulièrement la sirène. La frégate fendait les vagues. Des paquets d'écume venaient balayer le pont. La nuit était à nouveau complète et le ciel aboli. Il ne restait plus que ces grands mouvements d'oscillation qui faisaient danser les hommes sur une jambe puis sur l'autre, et la pluie qui martelait le monde avec fracas. De temps à autre, une longue sonnerie résonnait et à chaque fois, Salvatore Piracci espérait que quelque chose y réponde. Mais le vent emportait la note longue et l'étouffait dans les vagues.

Le commandant était maintenant trempé. Cela faisait plus d'une heure qu'ils avançaient dans la nuit. Cela ne servait plus à rien. Il le savait. Ils ne trouveraient plus personne. Salvatore Piracci pensa aux hommes qui étaient sur ces trois barques manquantes. Au désespoir des derniers instants, lorsque l'embarcation chavire et qu'il n'y a personne pour voir la vie se débattre une dernière fois. Il pensa aux corps plongés dans l'eau, gesticulant un temps jusqu'à être gagnés par le froid et s'abandonner à l'immensité. Il les voyait disparaître de la surface puis continuer à flotter dans les courants sous-marins, comme de grands oiseaux, bras écartés et bouche ouverte, loin du tumulte de la surface. Combien d'hommes étaient en train de mourir ainsi cette nuit, sans cri, sans témoin, avec leur seule peur pour escorte ? Il contemplait la mer tout autour de lui et il aurait aimé hurler. De toute sa force. Hurler pour que les mourants l'entendent au loin. Simplement cela. Qu'ils sachent que des hommes étaient là qui ne les trouveraient jamais ou qui arriveraient trop tard mais qui étaient partis à leur recherche. Qu'ils sachent qu'ils n'avaient pas été oubliés. Alors il demanda à Matteo de faire retentir la sirène en continu. Pour que les flots soient remplis de ce bruit. Les barques étaient peut-être là, à quelques centaines de mètres, et ils ne le sauraient jamais. Les corps noyés passaient peut-être à l'instant même sous la coque de la frégate. Le son long et continu de la sirène était comme un dernier salut. Pour dire qu'ils avaient tout fait pour les trouver et pour s'excuser de n'y être pas parvenus.

IV

Blessure de frontière

La lumière tombe doucement sur les collines de rocailles. L'air s'embrase d'une couleur d'amande. Tout semble serein et éternel. Nous laissons derrière nous la voiture. Nous nous sommes garés deux cents mètres plus loin. Je ne connais pas l'homme qui nous a conduits. Mon frère lui a parlé avec familiarité. Ce n'était manifestement pas la première fois qu'ils se voyaient. Combien d'entretiens a-t-il fallu avant qu'ils ne se mettent d'accord sur une somme, sur une date ? Combien ce voyage nous coûte-t-il ? Jamal n'explique rien et je ne pose aucune question. Nous marchons silencieusement dans la paix des collines. La frontière ne devrait plus être loin. L'inconnu ouvre la marche. Nous portons nos sacs et veillons à ne pas faire trop de bruit sur les cailloux du sentier. Il faut être vigilant. Les gardes-frontière patrouillent dans la zone.

Je suis heureux. Aux côtés de mon frère. Je quitte mon pays. Nous marchons sur les pierres chaudes comme des chèvres sauvages. Agiles et discrets. J'aurais trouvé frustrant de passer la frontière en voiture. C'est mieux ainsi. Je préfère l'abandonner pas à pas. Je veux sentir l'effort dans mes muscles. Je veux éprouver ce départ, dans la fatigue.

C'est lorsque nous sommes arrivés au pied d'une colline que l'homme s'est retourné vers nous. Nous avions marché plus d'une heure. Et il a dit :

— Nous sommes en Libye.

J'ai d'abord cru qu'il se moquait de nous. Puis j'ai vu à son visage que l'idée de cette plaisanterie n'aurait jamais pu lui venir. Alors j'ai regardé tout autour de moi. Mon frère avait la même incrédulité sur le visage. Nous avons contemplé les terres dans notre dos à la recherche d'une marque qui nous aurait échappé. Le guide a pointé son doigt en direction de la crête que nous venions de descendre, sans rien dire, comme s'il avait deviné ce que nous cherchions. La frontière est là. Sans aucun signe distinctif. Là. Au milieu des pierres et des arbres chétifs. Pas même une marque au sol ou une pancarte. Je n'aurais jamais pensé que l'on puisse passer d'un pays à l'autre ainsi, sans barbelé à franchir, sans cris policiers et course-poursuite. Je prends mon frère dans les bras et je l'étreins. Nous restons ainsi longtemps. Je sens qu'il pleure. Je l'entends murmurer : « C'est si facile » et il y a dans sa voix comme une pointe étrange de rage. Je comprends. La facilité est vertigineuse. Nous aurions dû faire cela avant. Si la frontière laisse passer les hommes aussi facilement que le vent, pourquoi avons-nous tant attendu ? Je regarde autour de moi. Je me sens fort et inépuisable.

À l'instant où j'allais me baisser pour baiser la rocaille à mes pieds, Jamal m'a serré le bras, avec force. Je l'ai regardé. J'ai vu tout de suite que quelque chose n'allait pas. Il avait les traits tirés et les yeux durs malgré les larmes qui avaient coulé.

— Il faut que je te parle, a-t-il dit.

Et j'ai eu peur, d'emblée.

— Écoute, mon frère. Et ne dis rien.

Nous nous sommes mis à l'écart. Le guide est descendu un peu plus bas, puis il s'est assis sur une pierre en attendant que nous ayons fini. Je pense à des problèmes d'argent. Immédiatement. Peut-être Jamal n'avait-il pas assez pour payer les billets de deux passages. Je voudrais lui dire qu'il ne doit pas s'en faire. Je me débrouillerai et le rejoindrai. Nous sommes en Libye. Plus rien ne m'arrêtera. Mais il parle et cette phrase n'est pas celle que j'attendais :

— Je ne peux pas venir avec toi.

— Jamal. S'il n'y a de l'argent que pour une personne, c'est à toi de passer. Ne t'inquiète pas, je…

Il ne me laisse pas finir.

— Je suis venu simplement pour t'accompagner. Je ne peux pas poursuivre.

— Qu'est-ce que tu racontes ?

— Soleiman.

— Viens. Dépêche-toi.

— Soleiman. Je suis malade.

Les lézards se sont immobilisés sous les roches. Les oiseaux ont interrompu leur chant. Je suis resté bouche bée, dans le silence du monde.

— Que dis-tu ?

— Malade. Oui. Je voulais t'accompagner et t'emmener jusqu'à la frontière. Mais je ne pourrais pas aller plus loin. Je ne pourrais pas faire le voyage.

— Malade de quoi ?

Il a pris son temps pour répondre. Il voulait me laisser le temps de tout enregistrer. Il a parlé d'une voix calme et posée.

— Je l'ai découvert il y a quelques mois. Des signes commençaient à m'inquiéter. Je suis allé voir un médecin qui m'a dit, après analyse, que j'étais malade de cette mort lente qui engloutit les hommes par générations entières.

— Comment est-ce possible ?

— La contagion, Soleiman...

— Mais...

— Je ne sais pas et, au fond, cela n'a aucune importance. Maman disait bien que j'avais une vie dissolue... Elle avait raison. Les prostituées de Port-Soudan, lors de mes virées sur le port, m'ont coûté plus cher que je ne pensais. C'est ainsi, Soleiman.

— Pourquoi sommes-nous partis, alors ?

— Parce que tu dois quitter le pays.

— Sans toi ?

— Oui.

— Tu es fou. Nous rentrons à la maison.

J'ai fait mine de partir mais Jamal me retient par le bras avec vigueur.

— Soleiman. Écoute. Je sais ce qu'il adviendra. Mon corps va maigrir, mes joues se creuser. Mes forces m'abandonneront. Je serai bientôt maigre comme un vieux cheval. Je ne tiendrai plus sur mes jambes. Les gens s'écarteront de moi. Je ferai peur. Il n'y a rien à faire. Je n'ai plus que l'agonie devant moi.

— Sauf si tu te soignes.

— Il n'y a pas de médicaments. Ou ils sont trop chers et je ne veux pas ruiner la famille pour cela.

— Je travaillerai...

— Et après ?

— Je te paierai ce dont tu auras besoin.

— L'argent, je préfère l'utiliser comme cela. Pour que tu partes plutôt que pour essayer d'endiguer une mort qui, de toute façon, m'avalera. Qu'allons-nous gagner ? Quelques mois, à peine... Et à quel prix ?

— Nous allons rentrer tous les deux et je vais m'occuper de toi.

— Non, petit frère. Ce n'est pas ce que je veux.

Je me suis mis à crier, excédé par ses paroles dont je ne voulais pas.

— Tu ne crois tout de même pas que je vais te laisser retourner chez nous, seul ?

La douleur me faisait monter le cœur dans la poitrine. Je pensai qu'une minute plus tôt, j'étais heureux et la terre me semblait vaste. Maintenant l'air me manquait et je voulais déchirer les pierres de rage. Mon frère s'est remis à parler. Doucement. Comme s'il savait que sa voix, seule, pouvait apaiser mes hoquets.

— Je vais t'accompagner jusqu'à la voiture qui t'emmènera sur la côte libyenne, à Al-Zuwarah. Je veux être sûr que tu partes. Je veux voir un d'entre nous s'éloigner de ce pays où nous n'aurions jamais dû naître. Puis je retournerai là-bas. Ce qui se passera alors sera laid. Je ne veux pas que tu voies cela.

Je sanglote maintenant. Je grimace comme un enfant.

— Je ne veux pas partir sans toi.

— Même si tu renonces, Soleiman, nous ne vivrons plus ensemble. Parce que la mort me mange lentement et qu'elle en aura bientôt fini avec moi. Il faut que tu partes. C'est la seule chose qui me fera sourire dans l'agonie qui m'attend. Je veux savoir qu'un d'entre nous a échappé à la laideur de ces vies gâchées.

— Que me demandes-tu ?

Jamal ne m'a pas répondu. Il a regardé autour de lui. Le spectacle des collines silencieuses alentour semblait l'emplir de paix à nouveau. Il était serein.

— Je ne t'ai pas tout à fait dit la vérité, Soleiman. Je suis venu avec toi pour t'accompagner mais il y a une autre raison. Je voulais passer la frontière. Je sais maintenant que s'il m'avait été donné d'avoir une vie plus longue, j'aurais réussi. Je sais que j'avais raison de vouloir partir. Je voulais voir si j'étais capable de passer une frontière. Juste une. Je n'aurais peut-être pas dû. Tu aurais eu plus d'argent si je ne t'avais pas accompagné. Mais je voulais voir cela une fois avant de mourir. Passer la frontière et savoir que rien ne m'aurait empêché d'être libre si j'avais pu vivre davantage.

J'avais à peine la force de parler.

— Je ne peux pas te laisser. Je veux te tenir la main, Jamal, jusqu'au bout. Et après, je te promets que je partirai.

— Non. Je ne veux pas que la maladie te vole ton frère.

— C'est toi qui me voles mon frère en m'empêchant d'être à tes côtés.

— Elle va me manger. Elle va m'enlaidir. La peur me tirera les traits. La tristesse de la vie qui m'est volée me rendra violent. Ce n'est pas ton frère. Je ne veux pas que cet homme à l'agonie salisse ton frère. Je veux que tu te souviennes de moi, comme ça, comme nous sommes aujourd'hui. Je suis devant toi. Je suis fort, encore, pour un temps. Nous avons marché côte à côte.

— Jamal…

— Et je suis libre. Tu m'entends, Soleiman. C'est pour cela. La dernière image que tu auras de moi, je veux que ce soit celle-là. Celle d'un homme en terre libre qui a fait ce qu'il a voulu. Nous aurions pu. Soleiman. Ne l'oublie jamais. Nous aurions pu. Si la vie ne m'avait pas fait ce croche-pied.

Je ne pensai plus à rien. J'étais comme une maison après l'incendie. Vide et exténué. La voix de mon frère résonnait en moi. Je n'avais plus ni joie ni envie. Il m'a pris à nouveau dans ses bras. Longuement. Puis il a sifflé et le guide s'est levé. « Il faut reprendre la marche », a-t-il murmuré en m'entraînant à ses côtés, sans me lâcher l'épaule.

Je ne sais pas pourquoi je marche. Je ne sais pas pourquoi je ne me mets pas à hurler ou pourquoi je n'essaie pas de le convaincre de revenir sur nos pas. Je m'efface derrière sa volonté. Il est là, tout autour de moi. Je fais ce qu'il veut. Est-ce parce que je sais qu'il a raison ? Ou parce que je veux lui faire plaisir ? Je ne sais pas. Je sens tout autour de moi une force calme qui me presse de marcher. C'est celle de mon frère qui m'enveloppe. Je le suis. Il en a toujours été ainsi. Je le suis. Aujourd'hui plus que jamais.

Dans ce paysage que nous ne connaissions pas, le guide nous mène jusqu'à une route. Une voiture nous y attend. J'aurais voulu qu'elle ne soit pas là. J'aurais voulu qu'il faille marcher pendant des heures, des jours même, pour parvenir à l'atteindre. Mais elle est là.

Notre guide a salué le conducteur. Mon frère s'approche. Il parle à l'homme. Je n'entends pas ce qu'ils disent mais je vois mon frère sortir de l'argent et le lui tendre. C'est mon passage qu'il paie. Cet argent qu'il donne est celui qui lui manquera pour s'acheter des médicaments. Je voudrais lui crier de reprendre les billets mais je ne le fais pas. Je suis épuisé. C'est comme un peu de sa vie qu'il donne à cet homme. Il se condamne à la douleur pour moi.

Je sais que maintenant les choses vont aller très vite. C'est ce que veut Jamal. Que je sois happé par le rythme du voyage. Le conducteur va vouloir que je monte et il démarrera sans attendre. Je veux un peu de temps. Je repense au thé que nous avons bu chez Fayçal. Je croyais que nous faisions nos adieux à la ville mais Jamal savait, lui, qu'il reviendrait. C'est à moi qu'il disait adieu. Cette tristesse dans ses yeux, c'était celle d'avoir à quitter son frère.

Notre guide vient me saluer. Il me recommande à Dieu et ajoute, avant de faire trois pas en arrière : « Si tout va bien, tu seras à Al-Zuwarah dans deux jours. » Je regarde mon frère. Je suis perdu.

— Où est-ce que je vais, Jamal ?

Je ne sais même pas où je pars. Il voit mon trouble. Alors, encore une fois, il s'approche de moi et m'entoure de son calme. Il m'explique qu'il a payé pour tout, que je n'ai plus à me soucier de rien, simplement me concentrer sur mes forces et aller jusqu'au bout. La voiture m'emmène à Al-Zuwarah, sur la côte libyenne. Elle me déposera dans un appartement où les passeurs viendront me chercher. Je paierai la deuxième moitié à ce moment-là, pour la traversée. Jamal parle lentement. Il a tout calculé. Tout prévu. Il me demande si j'ai bien compris. Je ne parviens pas à penser que je vois mon frère pour la dernière fois. La tête me tourne. J'ai besoin d'appui. C'est alors que Jamal enlève de son cou un collier et me le tend. Je ne bouge pas. Je suis sans force. Il me le met doucement autour du cou. C'est un collier de perles vertes. J'ai toujours vu mon frère avec. Je sens le contact froid des perles sur ma peau. Il n'a pas dit un mot. Il doit être comme moi, incapable de prononcer une parole. Il me serre à nouveau dans ses bras, avec force. Je me remplis de sa vigueur. Jamal qui m'accompagne jusqu'aux portes du voyage. Je voudrais lui rendre son collier et prendre sa maladie. Je voudrais l'agonie à sa place. Mais je sais qu'il n'en sera pas ainsi. Je me remplis de lui pour ne jamais oublier le visage qu'il a à cet instant.

Je monte à l'arrière de la voiture qui démarre d'un coup. Jamal et le guide me font signe, un temps, de la main, puis me tournent le dos et reprennent leur marche en sens inverse. Je suis loin de chez moi. Cette voiture poussiéreuse m'arrache à ma vie. Ce sera ainsi désormais. Je vais devoir faire confiance à des gens que je ne connais pas. Je ne suis plus qu'une ombre. Juste une ombre qui laisse derrière elle un petit filet de poussière.

Nous roulons sans cesse. De jour comme de nuit. Toujours vers la mer. Je me perds dans des terres que je ne connais pas. J'imagine Jamal en train de faire la route dans l'autre sens. Il repasse la frontière, sans joie cette fois, sans embrassade, retrouvant sa vie laide d'autrefois. Comme une bête qui, après s'être échappée, retourne de son propre chef à l'étable.

Je me suis trompé. Aucune frontière n'est facile à franchir. Il faut forcément abandonner quelque chose derrière soi. Nous avons cru pouvoir passer sans sentir la moindre difficulté, mais il faut s'arracher la peau pour quitter son pays. Et qu'il n'y ait ni fils barbelés ni poste frontière n'y change rien. J'ai laissé mon frère derrière moi, comme une chaussure que l'on perd dans la course. Aucune frontière ne vous laisse passer sereinement. Elles blessent toutes.

Dans la voiture qui roule toutes fenêtres ouvertes, j'essaie d'imaginer la vie qui m'attend mais je n'y parviens pas. Je ne peux penser qu'à ce que je laisse. Comme j'ai vieilli, tout à coup. Il n'y a plus de joie et le monde me semble laid. La solitude prend possession de moi. Je vais devoir apprendre à la laisser m'envahir. Je serre, du bout des doigts, le collier de perles vertes de mon frère. La voiture roule. Je pense à toi. Je ne t'oublie pas, Jamal. Je vis pour toi. Pour toi seul qui aurais pu boire l'océan et dois rentrer, piteusement, dans ta niche pour y mourir. Je pense à toi que j'ai vu, une fois au moins, face à moi, fort et heureux de liberté.

V

Le cimetière de Lampedusa

Le commandant Salvatore Piracci somnolait sur sa couchette. Il avait quitté le pont une heure plus tôt mais ne parvenait pas à dormir. Le roulis était fort. Il repensait à ces instants qu'il venait de vivre sur le pont du navire. Il savait bien que cela avait été inutile et qu'il était resté dehors trop longtemps. Mais lorsqu'il avait été là, accroché à sa rambarde, face aux vagues qui lui léchaient les pieds, lorsqu'il avait été au cœur du vacarme des mers, fouetté par les vents et aspergé de paquets d'eau sans ménagement, il s'était senti vivre. C'est pour cela qu'il était resté si longtemps. Il avait senti ses forces revenir à lui. La mer l'entourait de partout et il avait eu envie de hurler. Un instant il avait même pensé sauter par-dessus bord. Non pas pour se noyer mais pour être encore davantage au cœur de la tourmente. Se battre avec la mer, lui faire sentir son énergie et sa hargne d'homme vivant. Mais la perspective d'ajouter à cette journée un cadavre de plus l'avait arrêté. Il était resté là, soufflant et criant à chaque vague qui venait lui laver le visage.

Il comprenait maintenant à quel point il n'avait été qu'une ombre ces derniers temps. Autrefois, il ne faisait qu'un avec ses hommes. Chacun allait à sa tâche. Personne ne se gênait. Il connaissait parfaitement son équipage : Gianni, Matteo, les autres, tous avec lui depuis au moins quatre ans. Il pensait à ces dernières semaines passées en mer et il était obligé de constater qu'il se détachait peu à peu de sa vie. Ces hommes, si familiers autrefois, lui étaient maintenant comme étrangers. Il les côtoyait avec distance. Il n'arrivait plus à rire avec eux, ne parvenait plus à s'intéresser véritablement à eux. Il les observait de loin, sans les comprendre. Combien de fois les avait-il contemplés tandis qu'ils assuraient la manœuvre comme on observe une danse étrange à laquelle on ne participe pas ? Les hommes s'affairaient dans un bruit de câbles et de cordes. Lui, donnait des ordres, répondait aux questions mais il n'était pas avec eux. Combien de fois s'était-il senti comme quelqu'un qui vient de faire un pas en arrière de sa vie et constate que le monde continue sans lui, que son absence n'est même pas notée ? Oui, c'était cela. Il n'était plus tout à fait en lui, comme s'il se décollait de sa vie. « Les hommes de l'équipage s'en rendent-ils compte ? pensa-t-il. Sûrement. » Il le voyait dans leur regard. Mais cela lui était égal. Il ne se sentait pas la force de dissimuler.

Le sommeil ne voulait toujours pas venir. Il se tenait écarté de lui comme s'il y avait quelque danger à s'emparer d'un tel corps. Salvatore Piracci continua à réfléchir en fixant le plafond de sa cabine. Pour la première fois depuis qu'il avait embrassé la carrière dans la marine, il lui sembla impossible de passer une vie entière au rythme des patrouilles en mer. Qu'allait-il faire ? Arraisonner des barques trouées pendant dix ans ? Escorter des ombres jusqu'à des centres de détention pour ne plus jamais les revoir ? Et après ? À l'âge de la retraite, il fêterait son départ autour d'un verre de mousseux et irait s'enterrer dans un appartement silencieux de Catane ? Tout cela était absurde et vain. Lorsqu'il pensait à cette succession de jours et de nuits qu'il lui restait à vivre dans son uniforme, la nausée le saisissait. Il suffoquait. La foi en la nécessité de sa tâche l'avait définitivement quitté. Pire, cette foi s'était transformée en suspicion. Il devait fuir tout cela. Il en était de plus en plus convaincu.

Tout à coup, il sursauta dans sa couche. On venait de frapper plusieurs coups à sa porte. Avant qu'il n'ait le temps de répondre, les coups redoublèrent.

Il grommela. Gianni entra et lui annonça qu'un homme demandait la permission de lui parler.

— Quelle heure est-il ? demanda Salvatore Piracci.

— Six heures, commandant.

— Six heures ? Pourquoi ne m'avez-vous pas appelé plus tôt ?

— Je pensais que vous dormiez, commandant.

— Quand arrive-t-on ?

— D'après Matteo, dans une demi-heure, commandant.

— Bien. Merci, Gianni...

Et Salvatore Piracci sauta de sa couchette pour remettre ses cheveux en ordre face à la glace.

— Qu'est-ce que je lui réponds, commandant ? demanda encore Gianni.

— À qui ? Ah oui... faites-le entrer. Mais si cela s'éternise, revenez me chercher dans dix minutes...

Gianni disparut. Salvatore Piracci se passa un coup de peigne. Au fond, il avait peut-être dormi. Avant qu'il n'ait le temps de boutonner totalement son caban, on frappa à nouveau à la porte. Le commandant crut que Gianni avait oublié quelque chose et grommela d'entrer avec mauvaise humeur. Mais celui qui se tenait devant lui n'était pas le jeune marin, c'était le clandestin qui avait servi d'interprète.

Il hésita devant le seuil de la petite cabine puis pénétra avec douceur dans la pièce, comme un chien habitué aux coups qui longe les murs, tête basse.

— Qu'y a-t-il ? demanda Salvatore Piracci.

Le visage de l'homme exprimait la gêne. Le commandant pensa que cela ne présageait rien de bon. Il eut envie de rompre immédiatement cet entretien, en prétextant une urgence, mais n'en eut pas la force. L'autre ne parlait toujours pas.

— Que voulez-vous ? répéta Salvatore Piracci.

— Je voudrais vous demander quelque chose, murmura-t-il.

— Je vous écoute…

— Nous allons bientôt arriver en Italie, n'est-ce pas ?

— Dans l'île de Lampedusa, c'est exact.

— Et nous allons être emmenés par la police…

— Oui. Jusqu'à un centre de détention provisoire.

L'homme fit une pause. Il avait baissé la tête. Puis lentement, d'une voix plus grave il dit :

— Y aurait-il un moyen pour que…

Mais il n'acheva pas sa phrase. Salvatore Piracci attendit puis lui demanda :

— Pour que quoi ?

— Pour que je ne débarque pas avec les autres, répondit l'interprète.

— Que voulez-vous dire ?

— Personne ne sait combien nous étions au départ. Personne ne sait combien sont morts en mer. Il aurait très bien pu se faire que je sois l'un d'entre eux. Cela a tenu à peu de chose. Un peu de chance, rien d'autre. Les policiers qui vont nous arrêter à Lampedusa n'attendent pas un nombre précis d'hommes. Ils viennent juste prendre ceux que vous leur livrerez. Qui se soucie d'un homme de plus ou de moins ?

— Que voulez-vous dire ? répéta le commandant qui commençait pourtant à très bien comprendre ce dont il s'agissait.

— J'ai de l'argent, reprit l'homme en le regardant cette fois droit dans les yeux. Pas beaucoup, bien sûr, mais c'est tout ce que j'ai.

Et il sortit d'un coup de ses poches des liasses de petits billets sales et chiffonnés. Le commandant, à la vue de cet argent, fut horrifié.

— Rangez cela tout de suite, dit-il d'une voix sèche.

— Ce n'est pas beaucoup, reprit l'interprète qui ne savait plus s'il avait commis une faute ou s'il devait poursuivre. C'est trop peu pour quelqu'un comme vous, je sais. Mais je n'ai pas plus.

— Ce n'est pas le problème, répondit le commandant.

L'homme alors s'enhardit. Il se fit violence pour parler sans détour :

— Je vous en prie, commandant. Il vous serait facile de me cacher dans le bateau, dit-il. Ici, par exemple, dans votre cabine. Ou n'importe où ailleurs. Je suis sûr que personne ne viendra fouiller. J'attendrai la nuit. Puis je descendrai. Vous ne me reverrez plus jamais. Je ne demande rien de plus. Juste cela. Ne me faites pas descendre avec les autres.

Le commandant avait le visage dur et fermé. Il serrait les mâchoires et le rouge lui était monté aux joues.

— Sortez, dit-il sèchement. C'est inutile de poursuivre cette conversation.

— Commandant, insista encore l'homme en lui agrippant le bras. Vous pouvez changer ma vie. Il suffit de...

— Je ne peux pas, répondit le commandant en se dégageant.

L'homme alors baissa la tête. Il ne dit plus un mot et tourna les talons, laissant le commandant seul dans sa cabine. Salvatore Piracci entendit encore le bruit de ses pas dans l'escalier en fer et déjà il pensait :

« Il a raison. Je pourrais. Qu'est-ce qui m'en empêche ? Ce ne serait même pas difficile. Je l'enfermerais ici. Personne ne vient jamais dans ma cabine. Puis il disparaîtrait. Je pourrais. Faire basculer sa vie. Il l'a bien mérité. Il a échappé à la tempête. Tant d'autres sont morts ce soir. Qu'il en passe au moins un. Je pourrais. Oui. Mais alors pourquoi est-ce que je ne le fais pas ? »

Il entendait encore le bruit des pas s'éloigner. Il se sentait harassé. C'est à cet instant que la sirène du navire fit trembler l'air. Il sursauta. Le port était en vue. Dans quelques instants, ils commenceraient les manœuvres d'amarrage. Alors il frappa de toutes ses forces contre la petite table en bois de citronnier qui jouxtait sa couchette et remonta sur le pont d'un pas pressé, avec de la rage dans les yeux.

« Là encore, je pourrais », se dit le commandant.

Il était sur la passerelle. De là, il embrassait du regard l'ensemble du pont avant. Les clandestins se tenaient serrés contre la rambarde pour ne pas gêner l'équipage tout en ne perdant rien des différentes opérations en cours. Les hommes de Piracci entreprenaient la manœuvre, allant, venant, déplaçant des cordes, accrochant des câbles. La terre ferme était à une dizaine de mètres. Les moteurs faisaient d'énormes bouillons dans l'eau pour se rapprocher avec douceur du quai. À terre, les hommes du port aidaient à la manœuvre, enroulant les cordages autour des bittes d'amarrage, tandis qu'un groupe de carabiniers se tenaient immobiles, observant la lente progression du bâtiment militaire.

« Oui, je pourrais encore, pensa à nouveau Salvatore Piracci. Il me suffirait de l'appeler. De là où ils sont, les policiers ne distinguent rien. Cela peut être fait en quelques secondes. Je l'appelle. Je le cache. Je le sauve. Et puis je le rends à sa vie. Pourquoi pas ? »

Il observait Gianni aller d'un point à un autre du pont. Il observait le petit groupe serré de clandestins qui redoutaient l'instant où tout serait achevé et où on entreprendrait de les faire descendre. Ils avaient peur. Cela se voyait. Craintifs devant ce monde à venir dont ils ne savaient rien. Ignorants du sort qui leur serait réservé. « N'importe lequel de ceux-là, pensa le commandant en observant le petit groupe. Je peux sauver n'importe lequel de ceux-là. En choisir un, au hasard, pourquoi pas ? »

Le choc de la coque contre les bouées accrochées au quai fit un bruit sourd. Les cordes crissèrent et se tendirent. La passerelle fut hissée. La frégate était maintenant comme un gros insecte entravé. Enfin, le moteur fut coupé. Cela sortit le commandant de ses pensées. Il entendit la voix de son second qui ordonnait aux clandestins de descendre. Les carabiniers, en bas, étaient prêts à les réceptionner. C'est alors que le commandant sortit de la passerelle et cria : « Non ! Attendez ! »

Le silence se fit. Les hommes de l'équipage tournèrent la tête et l'observèrent, attendant un ordre ou une explication. Les clandestins s'immobilisèrent, à mi-chemin sur l'escalier, craignant d'avoir fait quelque chose de répréhensible. Les carabiniers levèrent les yeux pour essayer d'apercevoir le visage de celui qui venait de hurler. Tous les regards convergèrent sur lui. Il resta un temps interdit, comprenant qu'il était trop tard. Il ne pouvait plus rien. Il avait hésité trop longtemps. Alors, d'un geste sec de la main, sans pouvoir dire une parole, il fit signe aux clandestins de continuer leur descente.

À l'instant où ils le firent, il eut le temps de croiser le regard de l'interprète. Un long regard noir et douloureux qui disait sa rancune. Il aurait admis que Salvatore Piracci refuse sa proposition par principe, par idéologie. Mais il comprenait que le commandant était maintenant prêt à accepter. Il était simplement trop tard. Et cela était pire que tout, alors il cracha par terre, sans quitter des yeux le commandant. Il cracha sur sa lenteur et sur ses bons sentiments inutiles. Il cracha sur cet homme qui laissait les choses aller leur cours puis, l'instant d'après, le regrettait.

Le commandant aurait voulu s'enfermer dans sa cabine et n'en plus bouger mais il dut descendre pour signer des papiers. Il côtoya encore un temps les hommes que les carabiniers mettaient maintenant en colonne. On les compta. On leur distribua de l'eau. Des médecins passèrent dans les rangs pour procéder à de rapides auscultations. Comme il n'y avait pas de cas nécessitant une intervention urgente, la colonne se mit en marche. On les fit monter dans des camions, on prit soin de les compter à nouveau, puis ils partirent en direction du centre de détention provisoire.

Salvatore Piracci repensa à l'homme qui disparaissait dans ce camion. À l'homme à qui il avait dit non, et la colère lui fit serrer les mâchoires. Il signa les papiers qu'on lui tendait, sans même y jeter un œil.

C'est alors qu'il aperçut un autre groupe de militaires et de carabiniers, au bout du quai. Il y avait là-bas un attroupement dense. Le commandant pensa qu'on avait peut-être finalement retrouvé les trois autres barques. Il héla un des hommes du port et lui demanda ce qu'il se passait.

— Ce sont les Libyens, répondit l'homme. On les envoie sur le continent.

— Ceux qui ont mis les clandestins à la mer ?

— Oui.

Salvatore Piracci se dirigea avec détermination vers le groupe. Il se fraya un passage à travers les badauds. On le laissa franchir les barrières à cause de l'uniforme qu'il portait. Il alla droit vers le petit groupe de Libyens qui étaient sous escorte. Lorsqu'il arriva devant eux, il demanda avec autorité aux carabiniers qui étaient chargés de leur garde :

— Ce sont les Libyens qu'on a interceptés dans la nuit ?

— Oui, commandant.

— Lequel d'entre eux est le capitaine ?

— Celui-là, lui répondit-on en désignant un homme.

Salvatore Piracci se tourna vers l'individu en question. C'était un petit homme moustachu qui fumait en regardant avec mépris l'agitation qui l'entourait. Le commandant marcha droit sur lui. Le capitaine libyen eut à peine le temps de lever les yeux. Le commandant, sans dire un mot, le frappa de toutes ses forces au visage. Puis il l'empoigna. Il repensait aux trois barques qu'il n'avait pas trouvées et que personne ne retrouverait jamais. Il pensait à la mer démontée qui avait mangé ces vies qu'on lui avait jetées en pâture. Il pensait à l'interprète qui avait sorti les billets froissés de sa poche en levant sur lui des yeux de suppliant. Il frappa et sentit la pommette de l'homme s'ouvrir sous la violence du coup. La chair saignait. Le Libyen essayait en vain de se protéger le visage et gémissait. Le commandant entendit des cris autour de lui. À l'instant où il allait à nouveau lancer son bras, il sentit trois hommes qui l'empoignaient avec force. Il chercha à se dégager. Il voulait continuer, frapper jusqu'à ce que l'homme gise à terre, et au-delà encore, mais, d'un coup, une voix retentit, au-dessus du tumulte :

— Commandant, je vous ordonne d'arrêter cela tout de suite.

Il aurait pu passer outre et poursuivre mais son corps se raidit. Il reconnaissait cette voix. C'était celle de l'autorité. Cela faisait vingt ans qu'il lui obéissait, vingt ans qu'il avait été dressé pour s'exécuter sur-le-champ. Sa main, immédiatement, resta suspendue. Il leva les yeux. Le regard troublé, la respiration haletante. Il suait.

— Foutez le camp, entendit-il encore.

Et c'était toujours la même voix, celle d'un colonel des carabiniers qui lui faisait face et qu'il ne connaissait pas. Il se passa la main dans les cheveux. Il n'était ni apaisé ni honteux. Il marcha un peu en titubant d'abord, puis d'un pas plus assuré. Sans se retourner sur le corps qu'il avait martelé de coups et sur le groupe d'hommes qui le laissait s'éloigner avec un regard dur et une moue de dégoût. Il arriva à la frégate. Il sentit que cette violente explosion n'avait rien étanché de sa colère. Il brûlait encore et monta les marches de la passerelle en continuant à serrer les poings.

Allongé sur sa couchette, les yeux grands ouverts, il laissait indéfiniment les images de l'altercation repasser devant ses yeux. Il ne regrettait qu'une chose : ne pas avoir eu l'occasion de rosser cette crapule devant les clandestins. Il aurait aimé que ceux-ci soient encore sur le pont et qu'ils puissent jouir de ce spectacle. Mais cela n'aurait rien changé. Ce n'était pas ce soulagement qu'ils attendaient. Ce qu'ils demandaient, c'est ce que le commandant avait refusé. Ils devaient bien s'en moquer que celui qui les avait mis à la mer ait maintenant le visage tuméfié. Eux étaient en partance pour un centre de détention et rien d'autre que leur échec ne pouvait les occuper.

Au fur et à mesure que Salvatore Piracci se calmait et que son souffle retrouvait sa régularité, son esprit chavirait sous le vent des questions. Il se serra la tête entre les mains. Qu'avait-il fait ? Que lui avait-il pris ? Tout cela était ridicule et obscène. À quoi cela servait-il ? À se racheter petitement d'un courage qu'il n'avait pas eu ? Il s'était jeté sur cet homme. Il s'était donné en spectacle devant ses hommes. Que lui arrivait-il ? « Tout se détraque, pensa-t-il. Je ne suis plus ce que j'étais. » Il perdait son sang-froid, devenait coléreux et brusque. Viendrait bientôt un temps où ses hommes auraient peut-être à redouter son manque de discernement. Les choses glissaient en lui. Tout se dérobait.

Il se sentait épuisé. Non pas de la rixe qui venait d'avoir lieu mais d'une vieille fatigue qui le rongeait minutieusement. « Un vieillard, pensa-t-il, voilà ce que je deviens. Et les jeunes gens que j'intercepte, eux, sont toujours plus forts. Ils ont dans leurs muscles la force et l'autorité de leurs vingt ans. Ils essaient de passer et réessaieront une fois, deux fois, trois fois s'il le faut. » C'était cela, oui. Le gardien de la citadelle était fatigué tandis que les assaillants étaient sans cesse plus jeunes. Et ils étaient beaux de cette lumière que donne l'espoir au regard. « Ils ont bien raison, se dit-il. Quatre fois. Dix fois. Qu'ils essaient jusqu'à y parvenir. » Il pensa alors qu'il ne servait à rien. Qu'il repoussait des hommes qui revenaient toujours plus vifs et conquérants. Il repoussait des hommes qu'il enviait chaque jour un peu plus. Sa frégate le dégoûtait. Elle lui semblait une horrible chienne des mers qui aboie avec rage sur les flots. Par habitude. Par fatigue. Par méchanceté.

Ce ne fut qu'une heure plus tard, lorsqu'il eut la conviction qu'il ne restait plus personne sur le navire ou sur le quai, que Salvatore Piracci se décida à sortir de sa cabine.

Il était hors de question qu'il rejoigne le petit café où il avait ses habitudes. Il se doutait que certains de ses hommes y étaient déjà, et qu'à l'heure qu'il était, ils devaient déjà être en train de raconter à ceux qui voulaient bien l'entendre comment le commandant avait fondu sur le capitaine libyen. Il ne voulait pas pousser la porte du café et connaître ce long silence qui ne manquerait pas de l'accueillir – signe indéniable qu'on était en train de parler de lui et qu'on s'arrêtait brutalement pour l'épier du coin de l'œil.

S'il avait été à Catane, il se serait dirigé sans hésiter vers la piazza Placido et aurait retrouvé son vieil ami plongé dans la lecture des journaux du matin. Angelo l'aurait invité à s'asseoir sur une chaise derrière le comptoir. Il n'aurait peut-être pas eu le courage de raconter ce qui s'était passé parce qu'il aurait eu trop honte mais il aurait pu parler. De cela ou d'autre chose. Il aurait aimé être là-bas. Dans le magasin calme de son ami. Mais à Lampedusa, il ne connaissait personne.

Il se demanda, un temps, où aller. Il voulait une solitude pleine et reposante. Il prit alors la direction du petit cimetière de Lampedusa. La fatigue de sa propre existence lui collait à la peau. Il la sentait peser sur son dos avec la moiteur d'un soir d'été. Il était vide et plein de silence.

Lorsqu'il parvint au cimetière, il erra un peu, puis prit la direction d'une allée qui semblait abandonnée. Lorsqu'il fut parvenu à son extrémité, il s'arrêta. Le jour pointait doucement. Tout était étrangement calme. Il était face à un petit groupe de stèles serrées les unes contre les autres. C'étaient de petits monticules de terre, surmontés de croix en bois, plantées un peu de biais. Les croix ne portaient aucun nom – simplement une date. Le commandant connaissait l'histoire de ces tombes. C'étaient celles des premiers immigrants. Au début, les habitants de Lampedusa avaient vu arriver ces embarcations de misère avec stupeur. La mer leur apportait régulièrement des corps morts et ils en furent bouleversés. Ces hommes dont ils ne savaient rien, ni le nom, ni le pays, ni l'histoire, venaient s'échouer chez eux et leur cadavre ne pourrait jamais être rendu à leur mère. Le curé de Lampedusa décida d'ensevelir ces hommes comme il l'aurait fait avec ses paroissiens. Il savait qu'ils étaient probablement musulmans, mais il planta des croix. Parce qu'il ne savait faire que cela. Ou peut-être parce que c'était à son Dieu à lui qu'il les recommandait. Les premiers immigrants de Lampedusa furent ensevelis dans le cimetière municipal – au milieu des caveaux des vieilles familles de souche. Ces corps brisés par les vagues et déchirés par les rochers étaient accueillis de façon posthume sur la vieille terre d'Europe.

Mais au fil des mois, il en vint s'échouer toujours davantage. Le cimetière devint trop petit, et les villageois se lassèrent. Devant le nombre, ils demandèrent à l'État de prendre en charge les cadavres et plus aucune tombe anonyme ne fut creusée dans l'enceinte du cimetière. Où allaient maintenant les corps échoués sur la plage ? Le commandant n'en savait rien. Le centre de détention provisoire avait été construit à l'écart de la ville, pour ne pas troubler la vie des riverains et le séjour des touristes. On faisait place nette.

Salvatore Piracci regardait la silhouette étrange de ces croix de guingois et se demanda si l'hospitalité des gens de Lampedusa s'était usée comme son propre regard. Si lui aussi, à trop croiser la misère, n'avait pas fini par assécher son humanité.

C'est alors qu'une voix le fit sortir de ses pensées.

— C'est le cimetière de l'Eldorado, entendit-il.

Un homme se tenait à quelques pas derrière lui. Il ne l'avait pas entendu s'approcher. Salvatore Piracci le contempla avec surprise.

— C'est ainsi que je l'appelle, reprit l'inconnu.

Le commandant ne répondit pas. Il observa l'intrus avec mauvaise humeur. C'était un homme maigre au dos voûté. Il avait quelque chose d'étrange dans sa façon de se tenir. On aurait dit un simplet ou une sorte de reclus vivant loin de la société des hommes. Mais sa voix contrastait avec son physique. Il parlait bien. Avec vivacité. Salvatore Piracci se demanda de qui il pouvait bien s'agir. Le gardien du cimetière ? Un homme venu se recueillir sur la tombe d'un proche ? Piracci n'avait pas envie de nourrir la moindre discussion. Il espérait que son regard le ferait sentir mais l'homme continua.

— L'herbe sera grasse, dit-il, et les arbres chargés de fruits. De l'or coulera au fond des ruisseaux, et des carrières de diamants à ciel ouvert réverbéreront les rayons du soleil. Les forêts frémiront de gibier et les lacs seront poissonneux. Tout sera doux là-bas. Et la vie passera comme une caresse. L'Eldorado, commandant. Ils l'avaient au fond des yeux. Ils l'ont voulu jusqu'à ce que leur embarcation se retourne. En cela, ils ont été plus riches que vous et moi. Nous avons le fond de l'œil sec, nous autres. Et nos vies sont lentes.

Sans que Salvatore Piracci ait pu rien répondre, le petit homme s'éloigna. Il avait dit ce qu'il avait à dire et il partit sans saluer. Le commandant resta un temps immobile de surprise. Qui était cet homme ? Pourquoi lui avait-il dit tout cela ? Avait-il assisté à la scène de la bagarre ? Il repensa aux paroles que l'inconnu avait prononcées. Il les laissa résonner longtemps en son esprit. L'Eldorado. Oui. Il avait raison. Ces hommes-là avaient été assoiffés. Ils avaient connu la richesse de ceux qui ne renoncent pas. Qui rêvent toujours plus loin. Le commandant regarda autour de lui. La mer s'étendait à ses pieds avec son calme profond. L'Eldorado. Il sut, à cet instant, que ce nom lointain allait régner sur chacune de ses nuits.

VI

Le boiteux

Les corps serrés autour de moi commencent à suer. Il fait chaud dans la camionnette. Nous quittons Al-Zuwarah et ses faubourgs. Cela fait deux jours que nous attendions l'arrivée des passeurs. Tous entassés dans un appartement vide. Il a fallu être patient. Je n'ai pas cessé de penser à Jamal. J'étais plein de lui, encore. Des mots qu'il avait prononcés, de son visage.

Les corps serrés autour de moi commencent à suer. Combien sommes-nous ? Une vingtaine, entassés les uns contre les autres. Je ne connais personne. Je n'ai parlé à personne. Pendant deux jours, nous nous sommes regardés avec défiance. Tout le monde craint de se faire voler. Tout le monde est si fatigué que seul le silence convient à notre usure. Je ne suis pas là. Pas avec eux. Je veux rester le plus longtemps possible avec mon frère. Je pense à la tristesse de son voyage de retour. Il a dû tout refaire en sens inverse. Mais sans hâte. Il a dû sentir davantage la fatigue. Trébucher plus souvent. La route a dû lui sembler plus longue et étrangement laide. Il a certainement passé la frontière sans encombre. Qui l'empêcherait de rentrer au pays ? On n'arrête pas les voyageurs dans ce sens, on sourit à leur infortune. Ceux qui n'ont rien trouvé là-bas. Ceux qui ont échoué ou qui ont eu peur au moment de s'embarquer. Il a dû rentrer, oui, avec la maladie, seule, pour veiller désormais sur lui et le dévorer avec patience et minutie.

Je pense à lui. Et je me jure de continuer coûte que coûte. Je vais réussir. C'est la seule solution. Jamal a tort lorsqu'il parle de son agonie programmée. Il a tort lorsqu'il s'imagine sans argent, reclus comme un lépreux. Je vais passer en Europe et je vais travailler comme un damné. Si les choses sont telles qu'on les dit, je ne tarderai pas à accumuler un peu d'argent. J'enverrai tout là-bas. Le plus vite possible. Il faut que l'argent afflue vers mon frère. Il verra alors que Soleiman est plus fort qu'il ne le pensait. Que Soleiman peut se priver de tout pour être à ses côtés. Je travaillerai comme un chien, oui. Cela n'a aucune importance. Je suis jeune. Il pourra s'acheter ses médicaments. La lutte a commencé. C'est une course et je dois être efficace et rapide. À peine le pied en Europe, je chercherai du travail. N'importe quoi. Jamal a tort. Nous sommes deux. Et je ne l'oublie pas.

Le camion roule. Je sens une force sourde qui monte en moi. Jusqu'à présent je n'avais fait que suivre mon frère, maintenant je pars pour le sauver. Je ne dormirai plus la nuit. Je me nourrirai de rien. Je serai dur à la tâche et infatigable comme une machine. On pourra m'appeler « esclave », je n'en aurai cure. La fatigue pourra me ronger les traits, je n'en aurai cure. J'ai hâte.

Le camion roule. Nous laissons les faubourgs d'Al-Zuwarah derrière nous pour aller trouver le navire qui nous emmènera en Europe. Dès demain, j'y serai. Dès demain, alors, j'enverrai de l'argent à Jamal. Je me concentre sur cette idée. Je suis une boule dure de volonté et rien ne me fera dévier de ma route. La promiscuité des autres corps ne me gêne pas. Les visages des autres hommes ne me font plus peur. Je n'ai qu'une hâte : que le bateau quitte l'Afrique et que mes mains se mettent à travailler.

Nous avons roulé pendant une bonne heure. Puis le camion a pris une piste non goudronnée. Nous manquions de nous renverser les uns sur les autres à chaque virage. Les cailloux sur lesquels roulait le camion nous ballottaient comme des sacs de marchandises. Nous étions là, patients et résignés, souffle contre souffle, les coudes des uns dans les côtes des autres, les genoux serrés sur le corps. Chacun de ceux qui m'entourent va à son destin. Ils ne viennent pas tous du Soudan. Je ne veux pas savoir qui ils sont. Je ne veux pas écouter leur histoire. Je veux rester concentré sur la mienne. Que rien ne m'émeuve. Que rien ne me fasse dévier de ma course. Il est temps de ne penser qu'à soi. Je vais passer. Je n'ai besoin de rien. Il me suffit de murmurer le nom de mon frère pour me redonner la force qui pourrait me manquer.

Ils ont coupé le moteur. Nous avons entendu les portières avant claquer. Nous y sommes. Les hommes, autour de moi, soupirent de soulagement. Ils ont pris leur temps pour nous faire descendre. Le temps de se dégourdir les jambes. De fumer une cigarette. Ou simplement de respirer un peu l'air de la mer. Puis ils ont ouvert la double porte arrière. Un vent froid s'est engouffré dans la camionnette. Nous sommes descendus les uns après les autres, lentement, comme des corps qui se déplient avec précaution. Nous étions contents de pouvoir enfin détendre nos jambes et respirer à pleins poumons mais avant même que nous ayons le temps de regarder autour de nous, ils se sont mis à nous insulter. Deux hommes avaient sorti des armes. Des pistolets qu'ils brandissaient ostensiblement. Le troisième est passé parmi nous et a commencé à crier. Il nous a hurlé de sortir notre argent. Tout notre argent, disait-il. Comme si nous en avions des monceaux dans nos poches. Certains d'entre nous ont posé des questions. Ils n'ont pas répondu. Ils ont continué à hurler et à nous insulter. J'ai regardé autour de nous. Nous étions dans une petite crique. Il faisait nuit. Aucune lumière de village ou de route à l'horizon. Il n'y a pas de bateau. Nous ne sommes pas là où nous devrions être. Le danger nous entoure. Cela se sent dans la peau. Il n'y a rien ici. Ils nous ont emmenés dans un cul-de-sac. Je cherche des yeux un endroit par lequel je pourrais fuir mais je n'en vois pas.

Les hommes alors sont devenus plus menaçants. Ils ont frappé, çà et là, des corps étonnés. Certains d'entre nous, sous la menace, ont sorti quelques billets froissés qu'ils cachaient sous leurs nippes. C'est certain maintenant : il n'y aura ni bateau ni traversée. Nous ne sommes nulle part et ils vont faire de nous ce qu'ils veulent. Un des hommes a tiré en l'air, pour bien nous montrer qu'il ne fallait pas espérer d'aide, que personne, ici, ne viendrait à notre secours. Pour montrer aussi qu'ils perdaient patience et que nos vies n'étaient rien. Ils sont là pour nous racketter, puis nous laisser derrière eux comme des animaux lamentables que l'on abandonne sur le bord d'une route.

Je n'ai pensé à rien. J'ai senti, simplement, la colère monter en moi. Lorsqu'un des trois hommes est venu vers moi et m'a agrippé par la veste pour que je lui donne ce que j'avais, je l'ai frappé au visage. Le coup ne l'a pas fait tomber. Il m'a regardé avec une haine sauvage. Les deux autres ont fondu sur moi avec la célérité du rapace. Ils m'ont tiré à l'écart du groupe et m'ont roué de coups. Je suis tombé à terre tout de suite. Ils m'ont frappé longuement encore, jusqu'à ce que je ne bouge plus du tout.

Le voyage s'arrête là. Dans la confusion de mon esprit, je pense au temps que je perds. Je pense à mon frère qui meurt.

Ils ont volé les miséreux que nous sommes. Même les plus pauvres ont encore quelque chose à donner aux charognards. La mer va et vient sur la grève, avec un murmure lancinant – comme pour narguer les vaincus que nous sommes. Je ne sens plus rien. J'entends leurs voix, lointaines. Je pense à mon frère. Je suis Soleiman, le misérable frère de Jamal. Celui qui gît sur la grève sans bateau. Celui qui saigne et qui va être laissé là, comme mort, avec pour seule richesse sa rage et sa douleur.

J'ai senti d'abord le contact du sable sur ma joue. Une caresse rugueuse qui m'égratignait à chaque mouvement. J'ai essayé d'ouvrir les yeux mais je n'y suis pas parvenu. La tête est lourde. Le sang me bat dans les tempes. Je n'ai plus de force. Je n'entends plus que le tambour sourd de la douleur qui me serre le crâne et m'élance dans les mâchoires. Je ferme les yeux. Je perds à nouveau connaissance. La douleur prend possession de moi.

Je suis revenu à moi. J'ai chaud. Puis froid. Puis chaud à nouveau. J'essaie de me relever mais je découvre que mes mouvements sont lents et fragiles. Je me mets d'abord sur le flanc, les genoux pliés. Puis lentement, comme un suppliant, je me redresse. Je ne suis qu'une boule de chair ankylosée.

Ma lèvre ne saigne plus. Je suis engourdi de douleur mais j'ai réussi à me relever. Ils m'ont tout pris. Les quelques billets que je gardais précieusement sur moi ont disparu. Ma montre aussi. Ils m'ont tout pris sauf le collier de Jamal. Je sens encore le contact froid des petites perles vertes sur ma peau. Ils ont bien vu que cela n'avait aucune valeur. Ils n'ont même pas pris la peine de l'arracher pour vérifier.

Le dernier cadeau d'un homme condamné à un malchanceux. Le présent dérisoire d'un frère à un autre avant que tous deux ne disparaissent. Je regarde autour de moi. Le petit groupe s'est envolé. Il ne reste que des traces de pas dans le sable, seuls signes de notre échec. Traces de bagarres. De piétinement. Personne ne saura jamais que des hommes furent ici qui voulaient partir mais qui durent retourner d'où ils venaient plus pauvres encore que des chiens de rue.

C'est en me tournant vers la mer que je l'ai vu. À quelques mètres de moi, il reste un homme. Il est assis. Il me tourne le dos et fixe la mer. Immobile. Je m'approche de lui. Il se lève doucement. C'est un homme maigre et petit. Il est plus vieux que moi. Il doit avoir trente-cinq ans peut-être. Il me regarde et me tend un mouchoir en me faisant signe d'essuyer le sang séché sur ma lèvre. Puis, d'une voix calme, il dit : « Boubakar » et me serre la main. Je lui dis mon nom et je demande :

— Ils sont tous partis ?

— Oui, répond-il.

— Et toi ?

— Je suis resté.

— Pourquoi ?

— Parce que je pense qu'ils ont tort.

— Tort de quoi ?

— Il ne faut pas retourner à Al-Zuwarah.

— Pourquoi ?

— Il va devenir de plus en plus difficile de passer par la Libye.

— Qu'en sais-tu ?

— Les temps changent. Aujourd'hui, les Libyens veulent se faire bien voir des Italiens. Alors ils vont nous rendre la vie impossible.

— Tu vas rentrer chez toi ?

Boubakar se tourne vers moi, avec un visage étonné. Comme si ma question était la plus étrange qu'on lui ait jamais posée. Puis il me répond :

— Je suis parti il y a sept ans. Chaque kilomètre parcouru durant ces sept années m'empêche à jamais de rebrousser chemin.

— Où iras-tu, alors ?

— Ghardaïa, dit-il avec calme et assurance.

— Où est-ce ?

— En Algérie. C'est là qu'il faut aller. Ghardaïa. Pour rejoindre le Maroc. Puis l'Espagne.

— Mais c'est à l'autre bout du continent, dis-je en souriant.

— Ghardaïa, répète-t-il simplement. Puis il ajoute : Est-ce que tu viens avec moi ?

Je ne sais pas pourquoi Boubakar me pose cette question. Je ne sais pas pourquoi il me propose de l'accompagner. A-t-il été ému par mon passage à tabac ? A-t-il apprécié ma révolte ? Il n'en dit rien. A-t-il simplement besoin de quelqu'un pour partir avec lui parce qu'il a peur de voyager seul, parce que sept années d'errance l'ont usé et terrifié ? Je ne sais pas. Je pense à ce que je peux faire maintenant. Il m'est impossible de rentrer chez moi. De retrouver mon frère et de lui dire que j'ai échoué. Que non seulement je n'apporte pas l'argent qui le sauvera mais qu'en plus, je n'ai traversé aucune mer. Impossible d'apporter cette désolation avec moi et de l'offrir à ceux qui m'ont vu partir.

Les passeurs, en me prenant tout ce que j'avais, sans le savoir, me condamnent au voyage. Il n'est plus possible de rebrousser chemin. Pas comme cela. Pas piteux et misérable. Je n'ai plus rien. Mais je n'ai plus d'autres solutions que de continuer. Je ne montrerai mon échec à personne. Je vais en préserver ceux que j'aime. Rêve, mon frère, au périple de Soleiman.

Rêve, Jamal, à cette vie que tu lui as offerte avec tes derniers sous. Rêve pour soulager les élancements aigus de la douleur qui s'installe en toi. Je me tourne vers Boubakar et je lui dis « oui ». Ce n'est ni une victoire, ni la naissance d'un nouvel appétit. Je suis vide et brisé. Il me semble, au fond de moi, que je ne parviendrai jamais à traverser les mers et à franchir les frontières, mais je lui dis « oui » parce que je ne peux dire que cela.

Boubakar se met à marcher. Sans dire un mot. En montrant du doigt la direction de l'ouest. Il dit simplement : « Par là. »

Je découvre, en le contemplant, qu'il boite de la jambe gauche. Je voudrais rire. Un homme tabassé et un boiteux marchent vers l'Algérie, le Maroc et l'Espagne. Sans rien sur le dos. Nous sommes deux silhouettes improbables et nous partons à l'assaut du monde infini. Sans eau. Sans carte. Cela fera rire les oiseaux qui nous survoleront. « Par là », a-t-il dit, comme s'il s'agissait d'atteindre le trottoir d'en face. Nous partons pour un voyage de milliers de kilomètres. Je n'ai plus d'argent ni de force. Alors oui, je peux rire. J'accepte ce guide boiteux comme compagnon grotesque de mon voyage. Nous marchons. Sans parler. Sans penser à la nourriture qu'il va falloir trouver, à l'argent qu'il va falloir gagner pour que le voyage continue. Nous marchons. Boubakar, malgré sa jambe abîmée, marche avec le sérieux des fous. Je suis mon guide aliéné. Peu importe. Que les lézards rient de nous. Le monde est trop grand pour mes pieds mais je poursuivrai.

VII

L'homme Eldorado

— Je n'irai pas.

Cela faisait maintenant deux heures que Salvatore Piracci discutait avec son ami Angelo. Cette fois, c'est lui qui avait amené de quoi manger. Il avait acheté des petits piments rouges fourrés au thon, de belles tranches, larges et fines, de saucisson au fenouil, une salade de poulpes, le tout avec une bouteille d'un vin sicilien rugueux qui coulait dans la gorge comme de la lave. Ils avaient d'abord parlé de choses et d'autres, puis Salvatore Piracci avait raconté à son ami la scène qui avait eu lieu sur le port de Lampedusa. Cela faisait une semaine jour pour jour et le commandant venait de recevoir un courrier officiel lui donnant l'ordre de se présenter dans trois jours à la capitainerie pour s'expliquer avec son officier supérieur. De toute évidence le colonel chargé de convoyer les Libyens avait fait un rapport.

— Que te veulent-ils ? demanda Angelo.

— Je ne sais pas, répondit Salvatore Piracci. Ils ont eu vent de cette histoire. Ils tiennent à me faire part de la fermeté avec laquelle ils condamnent ce genre d'agissement. J'aurai peut-être un blâme. À moins qu'ils ne me suspendent purement et simplement.

— Et si tu n'y vas pas ?

— Je ne sais pas.

Le commandant se tut pour évaluer sa propre détermination et il sentit qu'au fond, il était parfaitement décidé. Depuis la bagarre du port, il avait renoncé à lui-même. Et il se rendit compte qu'en quelque sorte, il avait attendu avec impatience ce courrier.

— Ça peut être grave ? s'enquit Angelo avec inquiétude.

— Si je voulais rester sur mon bateau et faire ce que je fais depuis vingt ans, oui, ce serait très grave, répondit Salvatore Piracci avec un sourire amer sur les lèvres, mais aujourd'hui, ils ne peuvent plus rien atteindre en moi. Je n'irai pas. C'est aussi simple que ça.

Angelo écoutait son ami avec attention et il sentait bien, au son de sa voix, que le commandant était changé.

— Salvatore…, murmura-t-il avec douceur comme pour le ramener à la raison.

— Je n'irai pas à leur convocation. Et je ne retournerai plus sur ma frégate. C'est ainsi. C'est terminé.

— Qu'est-ce que tu dis ?

— J'ai pris ma décision. C'est fini.

Puis, comme son ami restait silencieux, il ajouta :

— Je n'arrête pas de penser au regard que m'a lancé cet homme avant de descendre de la frégate. Celui à qui j'ai dit non. Je ne veux plus être dans cette position, Angelo. Si cela devait se reproduire, demain ou dans cinq ans, je n'hésiterais plus. Je le cacherais. Et j'essaierais même d'en faire tenir le plus grand nombre dans ma cabine. Mais pas tous. Je ne pourrai pas les prendre tous. Comment est-ce que je choisirai ? Pourquoi celui-ci plutôt qu'un autre ? Cela me rendra fou. Ce pouvoir sur la vie des hommes, je n'en veux pas. Non. On ne fait pas ce métier si c'est pour essayer de sauver ceux qu'on arrête. Je n'y retournerai pas. Je ne peux plus supporter ces regards de

demande infinie puis de déception. Ces regar~
peur et de dévastation. Je ne veux plus.

Il avait parlé d'une traite. Avec une profonde force
dans la voix. Angelo sentit qu'il ne servait à rien de
discuter. Pourquoi l'aurait-il fait d'ailleurs ? En
outre, il était convaincu que le commandant avait raison. Il remplit les deux verres et en tendit un à son
ami pour un toast.

— Au dernier d'entre eux, alors, au dernier dont tu
auras croisé le regard.

Le commandant leva son verre. Il revoyait en son
esprit le visage de l'interprète.

— Qu'il ait la force de réessayer et d'y parvenir,
dit-il.

Puis il pensa à la femme du *Vittoria*. La boucle était
bouclée. Il enterrait le commandant qu'il avait été. Il
se débarrassait de la malchance qu'il incarnait depuis
si longtemps. Il avait été obéissant. Il avait combattu
la mer, sauvé des hommes et défendu la citadelle.
Tout cela était maintenant derrière lui. Il ne restait
plus que ces regards. Tous ces regards croisés qui
avaient déposé en lui un peu de leur terreur. Combien
de temps mettraient-ils à s'effacer ? Le hanteraient-
ils toute sa vie ?

— J'ai quelque chose à te dire, Angelo...

Le vieux buraliste était sur le point de se lever pour
aller chercher des serviettes dans l'arrière-boutique,
mais il se rassit.

— Dis-moi, Salvatore.

— Je vais partir.

— Partir ?

— Oui. Cela fait plusieurs jours que j'y travaille.

— C'est bien, murmura le vieux buraliste.

Depuis une semaine, en effet, Salvatore Piracci ne
pensait plus qu'à cela. Rester en Sicile lui était
devenu impossible. Cela signifiait ou se présenter à

... on qu'il avait reçue ou se cacher. Les
... ns lui faisaient horreur.

... aillé à mon départ, répéta-t-il. Cela fait
... aine que je ne fais plus que cela.

— Qu'est-ce que tu veux dire par « travailler à ton départ » ? demanda Angelo.

— C'est qu'il n'est pas si facile de quitter sa vie, reprit le commandant en souriant. Sais-tu que lorsque j'ai été voir ma banque pour leur dire que je voulais vider mon compte, ils m'ont répondu que c'était impossible ? Trop compliqué. Il aurait fallu, selon eux, les prévenir à l'avance. J'ai dû patienter. Deux jours. Puis revenir. Signer beaucoup de papiers. Les choses sont compliquées, Angelo. Quitter sa vie demande beaucoup d'obstination...

Et il se mit à rire de bon cœur.

— Oui, reprit Angelo, le monde s'accroche à nous par mille petits détails... Et maintenant ?

— Maintenant je suis prêt, répondit le commandant. J'ai même trouvé la barque que je cherchais.

— Quelle barque ? demanda le vieil homme surpris.

— C'est comme cela que je veux partir. Ça non plus, ça n'a pas été facile. Je voulais une belle barque de pêcheur, sans réparations à faire...

— Et tu l'as ?

— Oui. J'ai fini par trouver un vieux pêcheur qui m'a affirmé qu'avec la sienne, je pourrais aller jusqu'au cap Horn et bien au-delà même.

Le vieil homme sourit. Il but à nouveau un peu de vin. Au fond, cela lui semblait logique. La barque. C'est ce qui convenait le mieux à son ami.

— Quand est-ce que tu pars ? demanda-t-il.

Le commandant leva les yeux et posa sur lui un regard limpide et profond qui semblait l'écho du ciel.

— Ce soir, dit-il doucement.

Angelo ne dit rien. Cela aussi était logique. Pourquoi attendre ? Ce soir, c'était bien.

— Alors, il faudra que je veille sur Catane, dit-il simplement.

Salvatore Piracci fut ému de cette simple phrase. Elle voulait dire que son ami comprenait et n'essaierait pas de le retenir. Elle voulait dire qu'il pouvait tout laisser derrière lui avec sérénité. Il laissait la ville à Angelo. Il laissait sa propre vie à son ami. Lui seul penserait à lui comme il faut.

Le commandant Piracci sourit. Puis il se leva. Il était temps de partir. Il s'approcha alors du vieil homme et l'enlaça. Lorsque leurs deux têtes furent côte à côte, il lui murmura à l'oreille : « Prends bien soin de toi. » Le vieil homme voulut répondre par une dernière recommandation mais il ne le put pas. Les larmes lui montaient aux yeux. Il lui serra le bras avec chaleur et le laissa sortir.

Ce n'est qu'une fois le commandant parti qu'Angelo réalisa qu'il ne lui avait pas demandé où il allait, ni pour combien de temps. Il voulut presque lui courir après, mais il se ravisa. Ces questions, au fond, ne l'intéressaient pas. Il avait compris que le commandant entreprenait un de ces voyages qui ne se décrivent pas en termes de destination ni de durée. Il quittait tout. Sans savoir lui-même s'il reviendrait un jour ou pas. Alors Angelo recommanda son ami au ciel en se disant que les hommes n'étaient décidément beaux que des décisions qu'ils prennent.

Lorsque Salvatore Piracci quitta la boutique d'Angelo, la nuit était déjà tombée. Les rues de Catane avaient pris leur visage de chats borgnes. Les bâtiments semblaient plus troubles et plus menaçants.

Il connaissait ces rues par cœur et il pensa qu'il les parcourait pour la dernière fois. Il trouva singulier de s'enfuir ainsi, de nuit, au milieu des odeurs de poisson qui s'échappent des poubelles éventrées par les chats.

« Je suis sur le point de dire adieu à ma vie, pensat-il, et je n'en éprouve aucune tristesse. »

Avant d'arriver au port, il passa par une ruelle qui ne portait pas de nom. Les trottoirs étaient vides et silencieux. Catane semblait dormir du sommeil épais de l'alcoolique. Seuls quelques vieux chiens, çà et là, se grattaient les puces contre les façades et l'observaient avec curiosité. Il sortit de son portefeuille sa carte d'identité. Il regarda le visage qu'il avait sur la photo et se reconnut à peine. C'était il y a si longtemps. Ce regard décidé et confiant, il ne l'avait plus. Ce visage droit et sec s'était engourdi. Sans hésiter, il approcha la carte de la flamme de son briquet et la laissa brûler. Elle tomba dans le caniveau et finit de se consumer. Il releva la tête. La lune était cachée par des nuages étranges qui semblaient de longs oiseaux venus de la mer. La ville dormait, tout autour de lui, dans son éternelle odeur de poisson.

Il n'était plus personne. Son nom, sa date et son lieu de naissance venaient de disparaître. Il n'était plus qu'un corps immobile dans les ruelles de la ville. Alors, pour la première fois depuis tant de temps, il se sentit bien.

« Tout va enfin pouvoir commencer », se dit-il. Il sourit à cet instant avec la grâce de l'évadé. « Ce qui m'attend, dans quelques heures, demain, plus tard, ce qui m'attend, je n'en sais rien. Je m'avance. J'ai peur. Un peu. Oui. J'ai peur. Cela me réchauffe. Il n'y a plus de commandant. J'en ai fini avec lui. »

Comme tout cela était étrange. Pendant vingt ans il avait mené une vie qui lui convenait. Il allait prendre une autre direction et il sentait qu'il serait tout aussi juste dans cette nouvelle existence. Dans combien de vies peut-on être ainsi soi-même ? Dans combien d'existences qui n'ont rien à voir les unes avec les autres et sont peut-être même parfaitement antinomiques ?

Il avançait dans les rues et chaque pas qu'il faisait était un adieu. Puis il arriva enfin au port de pêche. « C'est maintenant, dit-il. C'est maintenant... » Et tout son corps frémit d'une excitation nouvelle.

Lorsqu'il poussa sa petite barque à la mer, il eut le sentiment d'extraire sa vie de tout ce qui l'avait si longtemps engluée, à la seule force de ses bras. Il s'arc-boutait avec vigueur pour que l'embarcation aille contre le mouvement des vagues et s'enfonce toujours plus avant vers le large. Il avait de l'eau jusqu'aux genoux. « De nuit, se dit-il. Comme un voleur. » Catane, derrière lui, ronflait comme un curé après un bon repas. La nuit pesait sur les hommes et les engloutissait. « Il n'y a que moi qui ne dors pas. » Le corps vif et le regard aigu, il poussait avec vigueur la barque en bois.

Lorsqu'il sauta à bord, la barque tangua et fit un bruit clair de mer que l'on remue. Il retrouva, sous une bâche, les paquets qu'il avait déposés la veille. Quelques affaires précieuses, les seules, désormais, qui lui appartiendraient vraiment : de l'eau, un sac de boîtes de conserve, quelques cigarettes, deux bidons d'essence. Tout le reste, il l'abandonnait.

Il eut une sorte de vertige à cet instant. « Où vais-je ? se demanda-t-il. Est-ce que j'espère vraiment atteindre un pays ? Existe-t-il des côtes que je vais aborder ? Ou est-ce que tout cela n'est qu'une simple façon de disparaître ? Mourir cette nuit, me dissou-

dre en haute mer, est-ce que c'est cela que j'entreprends de faire, sans oser me le dire ouvertement ? »
Il ne savait que penser. Pendant un temps, il resta immobile, assis le dos face au large. Tout était calme. Les lumières de Catane se réverbéraient dans les vagues. Il se dit qu'il était impossible d'allumer le moteur en pareil moment. Ce bruit-là serait une offense à la nuit. Il risquerait de réveiller la ville. Un homme quelque part sur le quai tournerait peut-être la tête dans sa direction, surpris qu'une barque quitte le port si tard. On le verrait partir. Or il voulait disparaître à l'insu de tous. Il prit alors les deux rames qui gisaient au fond de l'embarcation et les plongea doucement dans les eaux.

Il sortit du petit port de pêche à la force lente des bras, dans un silence de poisson. Son départ fit à peine osciller les bateaux au repos. La nuit était claire. Le vent était tombé. Il prit le temps, en son esprit, de dire adieu à sa ville, à sa vie. Il savait qu'il ne reviendrait plus. Il repensa à Angelo et à ce vieux magasin où il avait été heureux. Il repensa aux rues qu'il connaissait, à son appartement, aux hommes de sa frégate. Il repensa à tous ces gestes et ces habitudes qui, mis bout à bout, font une journée, une semaine, une vie. Il se vidait de tout cela. À chaque vague qui le ramenait doucement vers la côte, il opposait un coup de rames têtu.

Lorsqu'il fut sorti du petit port et qu'il eut embrassé une dernière fois du regard la côte sicilienne, il alluma son moteur. Le bruit trivial de la machine contrastait avec l'immensité sombre qui s'ouvrait devant lui. Il changea de position. Pour prendre la barre, il devait maintenant tourner le dos à la côte. Face à lui, à perte de vue, il n'y avait que le noir épais de la mer.

Il se dirigea droit vers le sud-ouest, petite machine têtue qui fendait la nuit et laissait derrière elle un dérisoire filet d'essence. Il connaissait ce chemin par cœur. Sa frégate n'avait cessé de faire cet aller-retour pendant plus de trois ans. Mais cette fois, il le faisait au ras de l'eau, et cela le fit sourire.

Catane s'éloignait. Dans sa barque silencieuse, il se sentait à la dimension du ciel. Il était une infime partie de l'immensité qui l'entourait, mais une partie vivante. Il avait peur, bien sûr, mais d'une peur qui lui fouettait les sangs. Il partait là-bas, dans ce pays d'où ils venaient tous. Il allait faire comme eux : passer des frontières de nuit, aller voir comment les hommes vivent ailleurs, trouver du travail, gagner de quoi survivre. Il avait mis le cap sur la Libye. Il ne savait pas ce qu'il ferait une fois là-bas. Il n'avait plus aucun plan. L'instant imposerait son rythme. Il resterait peut-être sur les côtes libyennes pour travailler ou plongerait plus avant dans le continent africain. Cela n'avait pas d'importance. Pour l'heure, il laissait sa barque fendre la mer.

Plus tard dans la nuit, il aperçut une masse énorme à l'horizon. C'était l'île de Lampedusa. Il ne voulut pas s'y arrêter. La silhouette noire de l'île lui fit l'effet d'une dernière bouée de port avant la haute mer. Le rocher qu'ils rêvaient tous d'atteindre, le rocher qu'il avait si longtemps gardé comme un cerbère fidèle lui sembla un caillou laid qu'il fallait abandonner derrière soi au plus vite.

« Je suis nu, pensa-t-il. Comme seul un homme sans identité peut l'être. » La nuit l'entourait avec douceur. Les vagues berçaient son embarcation avec des attentions de mère. Lampedusa disparaissait. Il repensa alors à ce qu'avait dit l'inconnu au cimetière : « L'herbe sera grasse et les arbres chargés de fruits...

Tout sera doux là-bas. Et la vie passera comme une caresse. » L'Eldorado. Il ne pensait plus qu'à cela. Il savait bien qu'il allait à contre-courant du fleuve des émigrants. Qu'il allait au-devant de pays où la terre se craquelle de faim. Mais il y avait l'Eldorado tout de même, et il ne pouvait s'empêcher d'y rêver. La vie qui l'attendait ne lui offrirait ni or ni prospérité. Il le savait. Ce n'est pas cela qu'il cherchait. Il voulait autre chose. Il voulait que ses yeux brillent de cet éclat de volonté qu'il avait souvent lu avec envie dans le regard de ceux qu'il interceptait.

L'air, déjà, était plus vif autour de lui. Les instants plus intenses. Il allait devoir penser à nouveau, élaborer des plans, se battre. Il ne pouvait compter que sur ses propres forces. Comment fait-on pour obtenir ce que l'on veut lorsque l'on n'a rien ? De quelle force et de quelle obstination faut-il être ?

Tout serait dur et éprouvant, mais il ne tremblait pas. Le froid déjà l'entourait. L'humidité rendait sa peau collante mais il avait le sentiment de vivre. La mer était vaste. Il disparaissait dans le monde. Il allait être, à son tour, une de ces silhouettes qui n'ont ni nom ni histoire, dont personne ne sait rien – ni d'où elles viennent ni ce qui les anime. Il allait se fondre dans la vaste foule de ceux qui marchent, avec rage, vers d'autres terres. Ailleurs. Toujours ailleurs. Il pensait à ces heures d'efforts qui l'attendaient, à ces combats qu'il faudrait mener pour atteindre ce qu'il voulait. Il était en route. Et il avait décidé d'aller jusqu'au bout. Il n'était plus personne. Il se sentait heureux. Comme il était doux de n'être rien. Rien d'autre qu'un homme de plus, un pauvre homme de plus sur la route de l'Eldorado.

VIII

Je me perdrai à Ghardaïa

Nous roulons depuis des jours sur des routes sans fin. Je suis sur le toit du camion, aux côtés de Boubakar et au milieu de dizaines d'autres hommes, des Libyens, des Égyptiens. Certains ne sont là que pour le commerce et retourneront bientôt chez eux. D'autres, comme nous, avancent sur des terres qu'ils parcourent pour la première fois.

C'est Boubakar qui a payé pour nous. Je croyais qu'il était comme moi, que les passeurs lui avaient tout pris mais sur la grève, avant notre départ, il a décousu l'élastique de son pantalon et en a sorti quelques billets savamment dissimulés. Je n'ai rien demandé. J'aurais trouvé normal qu'il monte dans le camion seul et me laisse derrière lui, mais il a payé pour deux.

Nous sommes une trentaine sur ce camion. Il y a des hommes partout. Certains sont assis à l'intérieur, d'autres allongés sur le toit, accrochés au porte-bagages. Il en est même qui voyagent debout, sur les marche-pieds. C'est une sorte de caravane surchargée qui fait un bruit d'usine en surchauffe. Le paysage est toujours le même. La chaleur nous rend silencieux. Nous roulons vers Ghardaïa. Chacun a payé sa place. Le vent me sèche la bouche et les yeux. J'ai du sable dans chaque pli de ma veste. Nous roulons dans un épais paysage d'ennui et de chaleur. Je sommeille, fermant les yeux de plus en plus souvent. La faim me tenaille le ventre. Je pense aux jours qui vont venir. Boubakar ne paiera pas toujours. Il n'a d'ailleurs plus rien. Il va falloir s'arrêter, trouver du travail et de l'argent. Nous mettrons des mois à remonter jusqu'à la mer. Boubakar m'a expliqué le trajet. Ghardaïa n'est qu'une étape. De là nous irons à Oujda, au Maroc. Il faudra payer à chaque fois. Je pense à tout cela, agrippé à ce toit de tôle qui croule sous le poids de nos corps.

Un homme est là, à mes côtés, qui ne cesse de parler. Il est monté après nous. C'est un Algérien qui rentre chez lui. Il a des mains de paysan et sent le bétail. C'est moi, d'abord, qui ai engagé la conversation. Je pensais que c'était un moyen de passer le temps, mais maintenant il n'arrête plus de parler et je n'ai plus envie d'écouter. Il raconte qu'il va et vient dans la région pour ses affaires. Il parle avec bonne humeur et volubilité. Il me demande d'où je suis. Je lui réponds en grognant. Cela ne l'arrête pas. Il est visiblement heureux. Il dit qu'il s'appelle Ahmed et que tout s'est bien passé pour lui, aujourd'hui. Qu'il retourne chez lui, à Zelfana, satisfait.

Il est donc, sur ce camion, des êtres qui vont paisiblement à leur vie. Les réfugiés côtoient les marchands. Nos regards angoissés se mêlent à leurs sourires paisibles. Je pensais que ces routes n'étaient celles que du malheur. Je pensais que tous ces hommes étaient comme moi : qu'ils étaient là pour la première fois et ne repasseraient jamais plus sur ces terres. Mais non. Des gens vivent ici. Et utilisent ces camions chargés d'ombres comme des taxis pour aller et venir. Ahmed est heureux. Il a passé une bonne journée. Il parle de tout et de rien. De la route qui aurait dû être refaite. Des Libyens qui conduisent mieux que les Égyptiens. De la solidité de ces vieux moteurs de camion, increvables. Il parle parce qu'il est en voyage, pas en errance, comme nous. Il parle pour pouvoir raconter ce soir, à sa femme, qui était à ses côtés cette fois-ci. Nous, nous ne parlons pas. Il est facile de reconnaître ceux qui, comme nous, sont des vagabonds. Ils se taisent. Baissent les yeux et se blottissent dans un coin pour que le temps glisse sur eux. Ceux-là, oui, sont comme moi. Épuisés d'une fatigue qu'aucune halte sur le bord de la route ne peut soulager. Peureux et braves à la fois. Résignés dans les mouvements de leurs corps lorsqu'ils montent à bord mais vifs comme des lézards lorsque quelque chose d'inattendu survient. Nous sommes des hommes fatigués qui ne peuvent plus dormir. De grosses bêtes qui se blottissent sur le toit du camion mais restent aux aguets. Ahmed n'a pas cette vigilance. Il ne regarde pas, lui, à chaque ralentissement du camion, si c'est un trou dans la chaussée qui oblige le chauffeur à freiner ou un barrage inattendu. Nous, si. Rien ne nous laisse en paix. Et Ghardaïa est loin, pour chacun d'entre nous, infiniment loin, car nous savons toutes les embûches qui pourraient nous empêcher d'y parvenir.

Nous nous arrêtons à Ouargla. Le chauffeur doit faire le plein. Il a annoncé quinze minutes de pause. Pas davantage. Il dit et répète qu'il n'attendra pas les retardataires et qu'il ne faudra pas mettre une demi-heure pour reprendre place, sans quoi il nous laissera tous derrière lui. Devant ces menaces, certains décident de ne pas bouger. Boubakar est de ceux-là. La peur toujours. Cette peur avec laquelle nous vivons. D'être à nouveau trompés. D'échouer. Que la vie s'amuse à nous renverser à nouveau. La peur qui ne nous quitte plus.

La plupart, cependant, descendent pour faire quelques pas. Détendre les muscles ankylosés. Trouver une fontaine à laquelle boire ou un endroit où uriner.

Je saute à terre. Une de mes jambes s'est endormie durant le voyage. Je boitille légèrement. Notre foule silencieuse s'écarte du camion, laissant le chauffeur en tractation avec le vendeur d'essence. Je m'éloigne. Sans faire attention aux petites échoppes d'Ouargla qui longent la route – succession monotone de vendeurs de bidons d'essence, de petits cafés et d'autres commerces incertains, tous face à la route, tous régulièrement enfouis sous la poussière lorsque les camions passent trop vite.

C'est là, seulement, que je me suis rendu compte qu'il était devant moi. Ahmed, le marchand de Zelfana. Il me tourne le dos et longe une de ces petites bâtisses qui servent de restaurant aux voyageurs. Il doit chercher des toilettes ou un coin tranquille, tout simplement, pour se soulager. Je le suis. Je ne sais pas pourquoi. Je sens une excitation monter en moi. Comme si mon corps savait déjà ce que mon esprit n'avait pas encore décidé. Je ne fais pas de bruit. Est-ce que je sais, à cet instant, ce que je suis sur le point de faire ? C'est en marchant, je crois, que l'idée prend possession de mes muscles. Je repense à ce qu'il m'a dit durant le voyage. Qu'est-il allé faire à la frontière ? Vendre ses bêtes ? Il a l'air satisfait. Le commerce a dû être bon. Je sais ce que je vais faire. Cet homme a de l'argent. J'en suis certain maintenant. Je le sens. Je l'ai entendu dans sa façon de parler. Dans sa façon de sourire. Il a de l'argent. Il revient chez lui avec la quiétude des bienheureux. Je peux la flairer d'ici. L'odeur âcre des billets, mêlée à celle de la sueur.

Il s'est arrêté au coin du bâtiment. Il s'est débraguetté et s'est figé, les jambes légèrement écartées. Je marche sur lui, comme une hache qui s'abat sur le bois. Il a le temps d'entendre mon pas. Il sursaute, tourne la tête et me voit. Je le frappe de toutes mes forces au visage. Je cogne avec brutalité son nez. Le corps s'effondre. Comme un poids mort. Il saigne. Le sang se répand sur son menton, sa chemise. Il gît à mes pieds, braguette ouverte, inerte. Je n'ai pas une minute à perdre. Je fouille avec rage dans ses poches. Je me mets à trembler. Si quelqu'un me voit ainsi, Dieu sait ce qu'ils me feront. Je m'accroupis près de lui. Je fais glisser mes mains sur son corps. Il est tout chaud encore. Et je sens sa respiration soulever son torse. C'est alors que je touche, sous les plis de la chemise, une sorte de petit bombement. Il porte autour du cou un sac de tissu qu'il a dissimulé sous ses habits. Je le lui enlève avec rapidité. La pochette est pleine de billets. Je n'ai pas le temps de compter. C'est plus que je n'espérais.

Je reviens sur mes pas, en hâte. Le camion est encore là. La plupart des passagers sont déjà remontés. Sans regarder la liasse, je la divise en deux paquets égaux et j'en fourre une dans chacune de mes poches. Je monte prestement retrouver ma place. Boubakar est là. Il s'est rassis. J'essaie de ne pas laisser transparaître mon trouble. Les minutes qui passent sont abominablement lentes. S'il surgit maintenant, je suis perdu. Il faut attendre. Attendre et prier pour que le coup l'ait suffisamment assommé. Le chauffeur est monté. Il ferme sa portière. Je scrute avec terreur la bâtisse. Je voudrais hurler au chauffeur de se dépêcher de démarrer. Il finit enfin par klaxonner. Trois coups distincts pour prévenir les retardataires de l'imminence du départ. Je serre les dents. Un temps infini s'écoule encore, puis le camion s'ébranle. Il roule le long de la route, soulevant la poussière autour de lui, et, dans une accélération qui fait trembler les boulons du toit, il finit par prendre place sur l'asphalte. Je regarde disparaître la bâtisse bleu ciel où gît le corps. Je remercie le ciel en pensée.

Nous nous éloignons. Maintenant, il ne peut plus nous rattraper. Même s'il court et hurle, personne ne l'entendra. J'ai volé. Je plonge ma main droite dans ma poche. J'ai volé. Je serre les billets froissés entre mes doigts. Je suis une bête qui fait mordre la poussière à ceux qu'elle croise. Je suis une bête charognarde qui sait sentir l'odeur de l'argent comme celle d'une carcasse faisandée.

J'ai attendu que la route impose son rythme sur les corps, que les hommes, autour de nous, s'assoupissent, ballottés par les kilomètres et leur douce lassitude, puis, sans dire un mot, j'ai tiré Boubakar par la manche et je lui ai fourré une des deux liasses dans la main. J'ai vu qu'il était surpris de mon geste, mais il n'a rien dit. J'ai baissé les yeux pour qu'il ne puisse pas m'interroger du regard et qu'il soit obligé de retourner au silence. Je ne sais pas combien je lui ai donné exactement. La moitié à peu près. C'est juste. Si le marchand de Zelfana me retrouve, si par hasard je suis pris, je veux que Boubakar ait sa part. Ils ne trouveront pas tout sur moi et lui, du moins, pourra jouir de cet argent.

Lorsque nous avons démarré, certains ont demandé où était le marchand. Je n'ai rien dit. Personne ne s'est enquis davantage de ce qui avait pu lui arriver. Pour certains, il était peut-être encore à bord mais avait simplement trouvé une place assise. Pour d'autres, il avait dû décider de s'arrêter à Ouargla et de finir son voyage plus tard, à bord d'un autre de ces grands navires des routes qui ne cessent d'aller et venir. Personne n'a véritablement cherché à savoir parce qu'au fond nous sommes tous seuls, concentrés sur notre propre survie.

Boubakar n'a pas tardé à relever les yeux et je n'ai pas pu éviter longtemps son regard. J'ai vu alors qu'il avait compris. Ce n'était pas un regard de reproche. Il a pris l'argent que je lui ai tendu. Il sait tout ce que cela va nous éviter. S'il y a assez, nous pourrons aller directement de Ghardaïa à Oujda, sans chercher pendant des jours à travailler pour accumuler de quoi payer notre passage. Nous gagnerons des semaines d'usure, peut-être même des mois. Il ne me reproche rien parce qu'il sait de quoi je le sauve. Mais je vois dans ses yeux une étrange tristesse. Comme si Boubakar pleurait sur ce que je suis en train de devenir. Qui sait ce que lui-même a été amené à faire durant son errance de sept ans ? Le voyage impose ses épreuves et nous vieillissons à chacune d'entre elles. Boubakar me regarde comme il regarderait un navire qui s'éloigne et dont on sait qu'il n'atteindra aucun port. Je pressens qu'il a fait lui-même, en d'autres occasions, des choses troubles. Qu'il a plusieurs fois dû renoncer à la noblesse des hommes qui vivent aisément. Mais il y avait peut-être en moi, jusqu'à présent, quelque chose d'intact qui le touchait. Quelque chose qu'il voulait préserver. Il n'est pas impossible, même, que ce soit pour cela qu'il m'a pris avec lui. Cette générosité rachetait des laideurs intimes dont il ne dirait jamais rien. Et maintenant il me voit devenir ce qu'il est. Son regard m'accueille avec tristesse dans la communauté des hommes déchus par la peur et l'urgence.

Le camion roule et je me tourne pour ne pas risquer de croiser à nouveau ses yeux. Je regarde le paysage qui défile. Un malaise lancinant m'envahit. Je ne peux pas chasser de mon esprit l'image de cet homme, gisant à terre, braguette ouverte, souillé de son sang. Et mes mains hideuses qui lui courent dessus avec avidité. Je lui ai tout pris. Je sais que je me suis menti. Je l'ai imaginé marchand triomphateur mais c'était pour avoir moins de mal à le voler. S'il était vraiment si riche, aurait-il pris ce misérable camion pour rentrer chez lui ? Vivrait-il quelque part entre Zelfana et Ouargla dans ces villages de rien où la poussière fait tousser les chèvres ? Il est probable que c'était un paysan parti vendre son bétail comme il devait le faire une ou deux fois dans l'année. Plus riche que moi, bien sûr, mais qui ne l'est pas ? Je lui ai tout pris. Et il reviendra chez lui, brisé et honteux. Il pleurera devant sa femme comme un enfant.

Le dégoût s'empare de moi. Je suis laid. Je pense à mon frère qui me cracherait dessus s'il savait. Je pense à ce que j'étais lorsqu'il m'a pris avec lui dans la voiture et que nous avons fait le tour de notre ville. C'était il y a quelques semaines à peine, et je suis déjà si vieux. Je change peut-être plus vite qu'il ne le fait, lui, là-bas. La maladie le détruit moins radicalement que ce voyage ne me ruine. Je suis laid et ne mérite rien. Les chiens, sur le bord de la route, détournent la tête pour ne pas me voir. Ils vomissent et s'enfuient en courant. Je ne suis plus rien, plus rien qui vaille d'être sauvé. Je le murmure à la terre qui défile sous mes yeux mais ne répond à ma voix que le brouhaha du camion qui roule avec obstination vers le nord.

Il était cinq heures lorsque nous sommes arrivés à Ghardaïa. Le camion nous a déversés sur les trottoirs d'une grande place où le trafic était tel que les pare-chocs de tous ces véhicules s'entrechoquaient dans un bruit de métal.

Boubakar m'a dit de le suivre. Nous nous sommes éloignés un peu, puis, sous un ficus usé par le gazole et la pollution, il s'est mis à compter l'argent.

— Il y a de quoi payer notre passage pour Oujda, a-t-il finalement dit.

Aucun commentaire sur la provenance de ces billets, aucune question sur le sang séché qui salit la manche droite de ma chemise. Je ne dis rien. Je me concentre pour ne pas vomir. Boubakar doit voir ma détresse. Sa voix retentit à nouveau.

— Je vais trouver un camion qui veut bien de nous. Rien ne sert de rester ici plus longtemps.

Veut-il dire qu'on peut aisément nous retrouver dans cette ville ou simplement qu'il faut utiliser cet argent tant que nous l'avons, avant que d'autres ne nous le volent ?

— Je vais m'occuper du passage. Retrouve-moi ici dans deux heures.

Je fais oui de la tête. Puis je tourne les talons et disparais. Boubakar va rôder autour des gros camions comme une abeille. Il connaît le prix des choses et l'avidité des hommes. S'il y a un moyen de rejoindre Oujda, il le trouvera. Moi, je m'éloigne.

Les rues sont grouillantes de monde. Je déambule au hasard, sans faire attention à l'endroit que je quitte. Je regarde autour de moi. Je vois une foule immense de réfugiés qui se déversent ici, au rythme régulier des camions. Des groupes d'hommes jalonnent partout les boulevards. Je vais me perdre à Ghardaïa. Je vais perdre Boubakar. Il continuera sans moi. Je ne mérite pas la suite du voyage. Je ne veux rien d'autre que me fondre dans cette foule bruyante. Je me sens plus vieux et plus étranger que chacun d'entre eux. Je glisse sur les trottoirs de cette cité pleine de vacarme et de misère. Je vais me perdre ici et ne bougerai plus.

Le soir tombe doucement. J'atteins une autre place. Plus petite et sans voitures. Un immense marché se tient là. C'est une multitude d'échoppes serrées les unes contre les autres et de simples draps ou tapis jetés au sol, sur lesquels est exposée la marchandise. Je marche encore un peu puis je trouve un arbre auquel m'adosser et je ne bouge plus. Le temps passe certainement mais je ne m'en rends plus compte. Les oiseaux mêlent leurs cris aux négociations des hommes. L'air est doux. Je contemple le monde autour de moi. Boubakar est peut-être déjà parti pour Oujda. M'attend-il encore ? Ces questions s'éloignent de moi. Je pense à mon frère. À la peur qui sera la sienne à l'instant de mourir, cette terreur de l'âme qu'il ne pourra partager avec personne. Je pense à ma vie aussi brisée que la sienne. Est-ce bien moi qui ai décidé de frapper le marchand ou est-ce la malchance qui s'est amusée avec moi, comme le vent le fait parfois avec les papiers perdus qu'il ballotte inlassablement ?

C'est alors que je le vois. Au milieu de cette foule de couleurs et de cris. Là. Immobile. Je le reconnais tout de suite. Il ne fait rien. Il attend silencieusement que l'on vienne à lui. Je le regarde longuement, le temps d'être certain qu'il ne s'agit pas d'une vision. C'est lui. Oui. Nos regards se croisent. Alors, je m'approche et je fais ce que je dois.

Je ne sais pas combien de temps s'est écoulé. Je quitte doucement le marché. Je sens la soif qui remonte en moi. Les bruits me parviennent à nouveau, avec plus de réalité. Des hommes me bousculent d'une épaule. Je sens leurs corps. Je suis là, plein de force.

Lorsque Boubakar m'aperçoit, il me sourit.
— J'ai trouvé un camion qui part dans une heure.
Puis, comme je ne dis rien, il ajoute :
— Ça va ?
— Oui.
— Tu es sûr de vouloir venir ? demande-t-il.
— Oui. Jusqu'au bout.
Et puis il ajoute :
— Qu'as-tu fait de ton collier ?
— Je l'ai offert à quelqu'un. Là-bas. Sur le marché.
Boubakar me regarde un temps mais n'insiste pas. Il doit penser que quelque chose est changé en moi. Il a raison. Je n'ai plus peur de rien.

Nous allons prendre à nouveau des camions qui parcourront des routes empoussiérées et traverseront des déserts. Nous allons nous serrer dans des groupes qui sentiront la peur et la sueur. Nous ne dormirons plus, ou mal. Et lorsque nous arriverons enfin face à la mer Méditerranée, le plus dur restera à accomplir mais je n'hésiterai plus.

Je suis décidé et ma voix ne tremble pas. Boubakar le sent. Il doit se demander par quel miracle l'homme défait que j'étais lorsqu'il m'a quitté quelques heures plus tôt lui est revenu décidé et plein d'une étrange force. Je ne lui dis rien de ma rencontre au marché. Il me rirait au nez et me dirait que tout cela n'est que foutaises et superstitions. Pourtant je sais que c'est vrai. Je sais qui j'ai rencontré. Son œil m'a enveloppé avec bienveillance et je me sens maintenant la force de mordre et de courir. Celle de résister à l'usure et au désespoir. Plus rien ne viendra à bout de moi. Je peux bien crever sur le bord de la route, je crèverai en chemin. Parce que je veux aller jusqu'au bout. Obstinément.

IX

La reine d'Al-Zuwarah

— Comment t'appelles-tu ?

Pendant longtemps le policier avait parlé en arabe et Salvatore Piracci, de bonne foi, n'avait pu lever sur lui que des regards interdits. Puis, se lassant de ce silence, l'homme avait disparu en donnant un coup de pied dans une chaise. Salvatore Piracci avait alors pris quelques instants pour regarder autour de lui les murs crasseux de ce petit poste de police de quartier. On aurait dit l'antre sale d'un quincaillier. Des roues de bicyclette rouillées gisaient dans un coin du bureau. Des chaises percées encombraient le couloir.

Après un temps, un autre homme entra. Salvatore Piracci comprit tout de suite que celui-là était plus malin. Il avait le regard affûté et ne se déplaçait pas avec la mollesse de son collègue. C'est lui qui avait parlé dans un mélange chaotique mais compréhensible d'arabe et d'anglais.

— Comment t'appelles-tu ?

Cette fois encore, Salvatore Piracci ne répondit pas. Non pas qu'il n'ait pas compris la question, ni qu'il ne se souvienne plus de son nom – il le faisait même résonner en son esprit tandis que son interlocuteur attendait sa réponse – mais il lui semblait absurde de le prononcer. Ce nom n'était plus le sien. Le plus juste était de se taire.

— D'où viens-tu ?

Salvatore Piracci envisagea l'hypothèse de ne pas répondre à nouveau. S'emmurer dans un silence et espérer qu'il se lasse mais il sentit qu'on ne le laisserait pas si aisément en paix et, à dire vrai, il ne voyait pas pourquoi il devait mentir à cette question.

— Sicile, dit-il d'une voix rauque qui l'étonna lui-même.

Il n'avait plus parlé depuis si longtemps qu'il ne se souvenait plus du grain exact de sa voix.

Le visage du policier s'illumina. Il répéta avec plaisir « Sicile » et, pour montrer sa bonne volonté, il le répéta même en italien : « *Sicilia... Sicilia...* » – façon de dire qu'il voyait très bien ce dont il s'agissait et qu'avec ce mot en commun, ils allaient désormais pouvoir s'entendre.

— Tu es là depuis longtemps ? demanda-t-il alors.

Combien de temps s'était écoulé depuis son départ de Catane ? Salvatore Piracci aurait été incapable de le dire. À l'instant où il s'était glissé dans sa barque, il n'avait plus vécu que de court instant en court instant. Il avait laissé les changements s'opérer en lui et c'était là son seul outil pour appréhender le temps écoulé. En ce sens, il n'était pas absurde d'affirmer qu'un siècle avait passé. L'homme qu'il était à Catane lui semblait lointain et totalement étranger. Était-ce encore lui, Salvatore Piracci ? Était-ce juste d'affirmer qu'il était le commandant Piracci ? Ou même qu'il l'avait été ? Un individu de ce nom avait existé autrefois, mais il n'y avait plus que quelques faibles traces de cette vie en lui et il avait la certitude qu'elles finiraient elles aussi par s'estomper. Combien de jours avait-il vécu sous le soleil rouge de Libye ? Combien de longues heures d'attente ou de labeur ? Il avait sué. Il avait senti son corps maigrir. Il avait laissé la fatigue lui manger les joues et lui creuser les traits.

Salvatore Piracci baissa les yeux pour signifier qu'il ne fallait pas attendre de lui une réponse à cette question. Il était incapable d'évaluer cette durée. Il fit une mine dubitative et haussa les épaules pour montrer que cela n'avait aucune importance. Le policier parut irrité. Il eut un geste brusque de la main.

— Qu'est-ce que tu fais ici ?

Et sans lui laisser le temps de répondre cette fois, il le gifla.

« Les coups vont pleuvoir », pensa Salvatore Piracci et il serra les dents. Le policier hurla alors en arabe puis, voyant que cela ne servait à rien, il retrouva son calme et lui demanda :

— Comment es-tu venu ?

— En bateau, répondit Salvatore Piracci avec une grimace de provocation.

Il repensa alors à sa barque. Elle gisait sûrement encore sur la plage où il avait accosté en pleine nuit. Il n'y était jamais revenu. Les pêcheurs avaient dû s'en emparer avec stupéfaction. À moins qu'elle ne soit restée là-bas, inutile et morte, attendant que les enfants ou les chats viennent s'y réfugier.

— Marin ? demanda le policier.

— Oui, murmura-t-il.

Cela n'était, au fond, pas si éloigné de la réalité.

Cette réponse sembla plaire au policier. Il sourit étrangement, puis ordonna à son collègue de quitter la pièce. Lorsqu'ils furent seuls, il répéta plusieurs fois :

— Marin sicilien ?

Salvatore Piracci acquiesça de la tête et le policier répéta avec gourmandise :

— Bien... bien...

Il le conduisit alors jusqu'à une petite cellule et demanda à Salvatore Piracci d'y entrer. Il le fit poliment, en lui souriant et en lui expliquant en arabe des choses que Piracci ne pouvait pas comprendre. Puis il disparut. Salvatore Piracci s'assit à même le sol. Il essaya de penser à ce qui allait se passer. On le renverrait sûrement là-bas. Que ferait-il à Catane ? Comment pourrait-il revenir à cette vie ? Il ne lui resterait plus qu'à errer comme une ombre dans les quartiers pouilleux de la ville où les hommes n'ont pas de visage, en espérant que personne, jamais, ne le croise et ne le reconnaisse.

La nuit était déjà tombée lorsque Salvatore Piracci entendit à nouveau du bruit dans les pièces avoisinantes. Il sursauta car il se croyait seul depuis longtemps. Il fut surpris de voir apparaître le policier qui l'avait interrogé, souriant, l'air décontracté. Il lui parla d'une voix douce tout en ouvrant la porte de sa cellule, puis lui fit signe de se lever et de s'arranger un peu.

Lorsqu'ils sortirent dans les rues d'Al-Zuwarah, l'air était encore chaud et Salvatore Piracci prit plaisir à humer le parfum lourd des figuiers. Le policier lui fit signe de le suivre. Ils déambulèrent jusqu'à la façade vétuste d'un vieil immeuble. Là, le policier frappa doucement et la porte s'ouvrit.

Salvatore Piracci pénétra et fut saisi par le contraste avec la sécheresse de l'extérieur. L'air, ici, sentait bon la fleur d'oranger et le jasmin. Tout était doux et ouaté. De lourds tapis, dans le couloir d'entrée, caressaient les pieds des invités. Le policier connaissait manifestement les lieux. Il marcha sans hésiter, traversant des pièces en enfilade jusqu'à une petite porte en bois. Il frappa et attendit qu'on lui réponde. Une voix étrange, à la fois caverneuse et criarde, se fit entendre. Il poussa la porte tout en faisant signe au commandant de le suivre.

Ils se trouvèrent dans un vaste salon chargé de tapis et de lustres. En face d'eux, à une dizaine de mètres, trônait un divan en velours rouge grenat. Partout autour, des fauteuils couverts de coussins de toutes les couleurs offraient leurs bras aux visiteurs. De l'encens devait se consumer quelque part car la pièce était parfois traversée de longues nappes de fumée qui couraient au sol et semblaient s'endormir sur les tapis.

Sur le divan siégeait un énorme corps de femme. Elle débordait de partout mais parvenait, par une sorte d'équilibre gracieux, à sembler assise là de toute éternité. Elle portait une robe transparente et une foule de bracelets à chaque poignet. Son visage était laid. D'une laideur épaisse et vulgaire. Avec ses petits doigts boudinés par de trop nombreuses bagues, elle se tripotait les lèvres comme un éphèbe en pleine réflexion. À la vue des visiteurs, elle sourit et Salvatore Piracci s'aperçut qu'il lui manquait plusieurs dents. Un corps vaste et répugnant qui respirait l'aisance et l'abandon.

Le commandant se demanda si le policier l'avait amené dans le bordel d'Al-Zuwarah tant cette femme avait des airs de vieille maquerelle horriblement maquillée. Sa voix à nouveau lui blessa les oreilles. On aurait dit une voix d'homme dans un corps de baleine. Le policier et elle avaient engagé la conversation, s'échangeant probablement des politesses car ils souriaient tous les deux, sans se lasser. Salvatore Piracci, lui, regardait ses pieds. Il était déjà fatigué de cet endroit et espérait qu'on le ramènerait au plus vite à sa cellule.

Tout à coup, il releva la tête avec stupeur. L'énorme femme venait de s'adresser à lui dans un italien très fluide.

— Tu es un criminel ou un espion ? Et comme Salvatore Piracci, interloqué, ne répondait pas, elle continua : Il n'y a que deux raisons possibles pour que tu sois là. Soit tu as fui ton pays parce que tu y as fait de vilaines choses, soit tu es venu ici mettre ton nez dans des affaires qui ne te regardent pas. Alors ? Tu es un espion ?

— Non, murmura Salvatore Piracci avec un sourire lent sur ses lèvres.

— Très bien, reprit-elle immédiatement. Un criminel. Je préfère cela. Je les connais mieux. Il y a toujours moyen de s'entendre avec eux. Il paraît que tu es venu en barque.

— Oui.

— Pourquoi ?

Salvatore Piracci ne répondit pas. Il ne pouvait pas. Il était inutile de tout raconter à cette femme. Il aurait fallu retracer vingt années de sa vie et il n'en avait pas la force.

— Bon. Bon, reprit-elle en riant d'une horrible façon. Nous avons tous nos petits secrets. Je comprends. Tu es là. Maintenant. Ça, c'est certain. Et c'est tout ce qui compte.

Elle se tut et but tranquillement à un verre de cristal placé à ses côtés. Il aperçut alors un plateau d'argent sur lequel étaient posés des fruits. Sa gorge devint plus sèche encore. Il dut se forcer pour ne pas se précipiter dessus.

— Tu sais qui je suis ? demanda la grosse.

— Non, répondit-il.

— Je suis la reine d'Al-Zuwarah. C'est comme ça que m'appellent les pêcheurs d'ici. Je fais du commerce. Je suis riche. Je connais tout le monde. Ce que je fais dans la lumière, la plupart des autres le font dans l'ombre. Moi, tout le monde sait de quoi je vis. Je suis à la tête du plus grand réseau de passeurs de la région. D'Al-Zuwarah à Tripoli, tous ceux qui veulent partir pour l'Europe passent entre mes mains. Ça fait cinq ans que cela dure.

— Vous les saignez..., dit Salvatore Piracci et la femme se tut.

Puis elle sourit et le regarda droit dans les yeux :

— Tu as raison. La traversée est chère. Tous ne peuvent pas payer. Mais il en arrive toujours plus chaque jour qui sont prêts à accepter ces conditions. C'est le prix à payer pour changer de vie. Je fais du commerce. J'ai une affaire qui marche. Je fais vivre beaucoup de monde autour de moi. Je suis généreuse avec ceux qui m'entourent.

Tout à coup, elle se tut et l'observa avec précision, puis demanda :

— Tu as faim ?

— Oui, murmura Salvatore Piracci.

Elle rit alors d'un petit rire de souris et lui fit signe de se servir. Il dévora les fruits qui étaient sur le plateau.

— Tu connais la mer ? demanda-t-elle tandis qu'il croquait dans une pêche.

— Oui, balbutia-t-il entre deux bouchées.

— C'est bien. Mange. Mange. Nous parlerons plus tard.

Et elle le laissa continuer à manger, en ne le quittant plus des yeux.

— Tu aimes l'argent ?

Le commandant ne répondit pas. Il s'essuya la bouche à l'aide de sa manche. Elle avait posé la question en sortant une liasse de billets d'une petite boîte en acajou.

— Évidemment, continua-t-elle. Tout le monde aime l'argent. Simplement, il y a ceux qui le disent et ceux qui le cachent. Moi, j'en ai. Plus que tout autre ici. Tiens. Prends.

Elle lança alors une liasse de billets qui vint glisser sur les pieds du commandant. Il se pencha et la ramassa.

— Pourquoi me donnez-vous de l'argent ? demanda-t-il.

— Pour te montrer qu'avec moi, les billets ne sont jamais loin. C'est le parfum qui m'entoure. Là. Dans cette pièce, ça ne sent que cela. Dans ma sueur. Sur mes lèvres.

Elle jeta alors une autre liasse aux pieds du policier. Il se baissa pour la ramasser puis elle lui fit un petit geste de la main pour lui signifier de disparaître. L'homme s'éclipsa sans même jeter un dernier coup d'œil à Salvatore Piracci.

— Tu vois ? C'est pour cela qu'ils me respectent et me servent. Je me parfume aux dollars. Je suis énorme de tout l'argent que j'ai déjà englouti et, crois-moi, j'ai encore un appétit d'ogre.

— Vous dépouillez des miséreux, dit alors Salvatore Piracci en serrant les dents.

— J'ai été comme eux, répondit-elle. Je sais ce qu'ils endurent. Et crois-moi, ils sont soulagés de trouver quelqu'un à qui donner leur argent, quelqu'un qui va prendre en charge leur douleur et leur offrir ce qu'ils veulent. Si je ne le faisais pas, d'autres le feraient. Plus mal. Et plus cher. Mes clients sont pauvres. Oui. Mais je ne vois pas pourquoi je devrais ajouter à leur désespoir en leur refusant la traversée. Ils se jetteraient à la mer pour y aller à la nage, s'ils ne m'avaient pas.

Elle se tut un temps. But un peu d'eau, puis le regarda avec un visage redevenu lisse comme celui d'un bouddha.

— Que voulez-vous de moi ? demanda Salvatore Piracci.

— Tu es marin ? répondit-elle.

— Oui.

— Tu connais la côte sicilienne comme ta poche ?

— Oui.

— C'est de cela que j'ai besoin.

Salvatore Piracci pensa à ce qu'elle était en train de lui proposer. Il se voyait, jouant au chat et à la souris avec la frégate *Zeffiro*. Il sourit à cette idée. Faire la même chose, mais de l'autre côté.

— Je serais le meilleur, dit-il en pensant à la façon dont il bernerait les navires d'interception.

— J'en suis sûre, mon trésor. Et riche avec ça. Je sais gâter mes amis.

— Pourquoi moi ?

— Tu es blanc. Cela rassurera mes clients. Monter à bord de ton bateau sera déjà avoir un pied en Europe. Ils auront confiance. Ils se diront que je suis influente et puissante pour pouvoir acheter des Italiens.

Et ils auront raison. Qu'en dis-tu ? Tu viens embrasser ta grosse maman ?

Elle se leva avec une étrange légèreté et se dirigea droit sur lui. Puis elle lui passa la main sur la joue et lui murmura en souriant de toute sa bouche édentée :

— Le travail commencera demain. Si tu refuses, je saurai te retrouver et Dieu seul sait ce qui pourra t'arriver.

Puis elle lui mit sur les lèvres les anneaux de ses grosses bagues, comme pour le forcer à un baisemain ridicule, et lui fit signe de déguerpir.

Salvatore Piracci resta un peu hébété. Le parfum épais de ce corps gras et huilé lui frappait les tempes. Il tourna les talons et sortit, laissant derrière lui la maîtresse des lieux se rafraîchir en trempant ses pieds dans la petite fontaine intérieure qui clapotait négligemment.

Il marcha longtemps, sans faire attention à ce qui l'entourait, la tête pleine d'images qui se chevauchaient. Il revoyait le visage laid de cette femme, son sourire édenté et ses doigts gourds.

Il traversa la rue et longea l'artère principale. Il voulait simplement s'éloigner de cet endroit. Ses tempes tambourinaient. Une colère sourde montait en lui qui lui empourprait le front. Il repensa à la femme du *Vittoria*. « Ils m'ont fait payer mille cinq cents dollars pour mon fils », avait-elle dit. Et il se souvenait qu'il avait failli pleurer alors. Le dégoût lui faisait tourner la tête D'un coup, il s'arrêta en pleine rue et s'agrippa à un poteau électrique. Il fut secoué de quelques hoquets de nausées mais ne vomit pas. Ses tempes battaient avec force. Tout son corps lui semblait une chaudière en surchauffe.

Il plongea alors la main dans sa poche. La liasse de billets était là. Elle la lui avait jetée aux pieds comme à un chien. Il revoyait la scène. Il s'imaginait lui sauter au cou avec rage et tenter de lui faire manger ses billets. Toute la liasse, là, coincée dans la bouche jusqu'à ce qu'elle s'en étouffe.

Il reprit sa marche en essayant de respirer profondément. Tout était plein de vacarme autour de lui. Il leva la tête. Sans y prêter attention, il était arrivé aux abords d'une sorte de gare routière. Plusieurs cars stationnaient là, en attente d'un départ. Des voitures garées en double ou triple file gênaient la circulation de ces grands pachydermes vétustes. Il s'approcha d'un des véhicules. La porte était ouverte. Le chauffeur, à l'instant où il passa la tête à travers l'embrasure, tourna la clef de contact. Tout le véhicule trembla d'une longue secousse dans un cliquetis de tôle et de boulons.

— Où allez-vous ? hurla-t-il pour couvrir le bruit du moteur.

Le car était plein de passagers. Des hommes se tenaient debout dans le couloir central, d'autres avaient pris place sur le toit ou étaient en équilibre sur les marchepieds arrière. Le chauffeur n'avait pas compris. Il tendit l'oreille.

— Où allez-vous ? répéta le commandant en anglais.

Un passager, finalement, comprit la question et la traduisit au conducteur qui répondit :

— Ghardaïa.

Salvatore Piracci resta immobile. Il n'avait aucune idée d'où se trouvait cette ville. Il fit sonner en son esprit ce nom : « Ghardaïa… Ghardaïa. » Le conducteur, alors, s'impatienta, faisant de grands gestes pour qu'il monte ou descende mais qu'il n'empêche pas plus longtemps la porte de se fermer. Ghardaïa. Salvatore Piracci monta en tendant ses billets au chauffeur.

Les portes, finalement, restèrent ouvertes et le car démarra brusquement. Il quittait Al-Zuwarah dans un brouhaha d'essence et de poussière. Le commandant pencha la tête pour apercevoir la route qu'il prenait. Il vit que l'on tournait résolument le dos à la mer. C'en était fini. Les bateaux de la Méditerranée qui allaient et venaient dans un jeu de cache-cache s'éloignaient de lui. Il abandonnait le parfum des eaux, sa barque échouée sur la grève, son continent, le misérable trafic des hommes. Il tournait le dos aux ports fourmillant d'ombres et de désir et s'enfonçait dans les terres. Ghardaïa. Il sourit en son esprit. Il aimait ce nom qu'il ne connaissait pas.

X

L'assaut

Je suis parti aux premières heures ce matin. Je suis sorti du bois. J'ai marché vers la ville. Je voulais trouver un coin de rue tranquille. Le soleil n'était pas trop chaud. J'étais prêt à rester toute la journée, le dos contre le mur, à supplier les passants.

Le plus souvent, ils ne donnent rien. Nous sommes trop. Partout, dans les rues, les collines. Nous errons comme des gueux. Mais il suffit de tomber sur un homme qui va à la mosquée ou en revient avec sa famille. Alors ils donnent tout de même, en nous bénissant sur le Coran. Ils donnent parce que la charité est sacrée. Il faut avoir cette chance-là. C'est rare. Mais il suffit d'une pièce pour changer la journée.

J'étais content lorsque je suis arrivé dans les rues, parce que je n'en ai pas vu d'autres comme moi. Certains jours nous sommes si nombreux le long des murs de la ville qu'il vaut mieux repartir tout de suite. Non seulement les Marocains ne donnent rien, mais ils s'énervent de notre nombre. Aujourd'hui, non. Je me suis dit que la journée serait peut-être bonne. J'étais arrivé avant l'appel à la prière, il aurait été étonnant de ne pas croiser quelques fidèles. Mais en passant par l'avenue principale, j'ai vu une agitation anormale. Des jeeps bouchaient la circulation. Je me suis caché. J'ai observé. C'était trois véhicules de police et j'ai compris que je ne passerais pas ma journée contre un mur, qu'il n'y aurait pas de charité aujourd'hui ni de bénédiction sur le Coran. Ils sont de retour. Je les observe. Ils viennent d'arriver. Nous avons peut-être encore quelques jours. Le temps qu'ils se posent, qu'ils élaborent un plan. Le temps qu'ils reçoivent leurs ordres. Demain, sûrement, ils nettoieront les rues de la ville. Après-demain ce seront les collines. Je dois retourner au camp. Prévenir Boubakar.

La dernière fois, ils avaient fondu sur nous comme des abeilles voraces. En pleine nuit. Les phares de leurs voitures s'étaient allumés en même temps et ils avaient sauté de leurs jeeps en hurlant, matraquant tous les corps qu'ils trouvaient sur leur passage. En un instant, la panique s'était emparée de nous. Tout le monde cherchait son sac, sa couverture, un abri où se protéger des coups. Mais ils étaient venus nombreux. Ils frappaient et lançaient leurs chiens pour nous débusquer comme du gibier. Puis ils mirent le feu. Ils ne l'avaient jamais fait auparavant. Ils aspergèrent d'essence les sacs qu'ils trouvaient, les arbustes. Ils brûlèrent tout. Nos pauvres affaires sur lesquelles nous veillions jour et nuit avec jalousie ont disparu dans une odeur écœurante d'essence. C'est Boubakar qui m'a sauvé. Il a insisté pour que nous quittions la forêt. Cela me paraissait aberrant. Mais il avait raison. C'est la forêt, justement, qui les intéressait. Nous avons couru comme des rats dans la nuit. Et lorsque la forêt fut dans notre dos, le silence nous enveloppa à nouveau. Nous étions allongés, face contre terre. Là-bas, ils frappaient encore. Là-bas, des sacs de couchage brûlaient et les chiens mordaient les hommes aux mollets. Là-bas, ils faisaient monter dans des camions ceux qu'ils avaient matraqués. Entassés comme du bétail. Sans se soucier de qui saignait, de qui avait un enfant ou ne pouvait plus marcher.

La dernière fois, ils sont venus avec des chiens et de l'essence. Dieu sait ce qu'ils vont amener cette fois-ci.

Je dois remonter au plus vite. Prévenir tout le monde. Il va falloir fuir, se cacher, attendre, craindre le pire. À nouveau ne compter que sur ses propres forces.

Je resterai avec Boubakar quoi qu'il advienne. J'ai plus confiance en lui qu'en quiconque. Les autres l'appellent « le tordu ». Pour moi, c'est Boubakar et je n'irai nulle part sans lui. Il ne court pas vite mais il connaît tous les trucs. Sept années de survie. Il faut que je le prévienne. Il saura que faire pour échapper aux policiers. Il ne sait pas courir, mais il est obstiné. Qui sait si j'aurais tenu sept ans, moi, alors qu'au bout de huit mois je me sens déjà épuisé ?

Lorsque je suis arrivé au camp, d'autres que moi, déjà, avaient donné l'alarme. La nouvelle était sur toutes les lèvres : « Les Marocains sont de retour. » L'agitation régnait partout. Certains faisaient leurs paquets, prêts à partir. D'autres se demandaient où ils allaient pouvoir se cacher.

Une réunion des chefs fut décidée. Nous sommes plus de cinq cents, entassés ici, au milieu des arbres et des couvertures. Il y a un chef par nationalité. Les Maliens, les Camerounais, les Nigérians, les Togolais, les Guinéens, les Libériens, chaque communauté a désigné un chef pour prendre les décisions qui concernent le camp tout entier. Boubakar est parmi eux. Ce n'est pas un chef mais son avis est écouté. Il est le doyen d'entre nous. On respecte la longueur de son errance et la force dont il a fait preuve pour ne pas plier face à tant d'adversité.

Les chefs se sont mis à l'écart, pour ne pas être importunés par nos commentaires. Nous avons attendu, avec inquiétude, leur délibération. Et puis ils sont revenus vers nous, et Abdou nous a dit qu'ils avaient décidé d'essayer de passer. Nous sommes restés interdits. Quand ? Comment ? Abdou a expliqué que nous avions peut-être encore une journée et une nuit avant que les policiers n'attaquent. Il fallait les prendre de vitesse. Tenter notre chance demain soir. Djouma, un Malien, a demandé comment nous nous y prendrions. Abdou a répondu en parlant fort pour que tous entendent :

— Si nous nous ruons sur les barrières de Ceuta, de nuit, si nous sommes aussi nombreux à courir avec rage, ils ne pourront pas tous nous arrêter. C'est à cela qu'il faut travailler désormais. La barrière qui sépare Ceuta du Maroc fait six mètres de haut. Mais il est des endroits où elle n'en fait que trois. C'est là que nous attaquerons. Nous avons la nuit et la journée de demain pour construire des échelles. Il faut partir à l'assaut de Ceuta comme d'une citadelle. Si nous passons de l'autre côté, nous sommes sauvés. Une fois passés, nous ne pouvons plus être renvoyés. Une fois passés, nous sommes riches. Il suffit d'un pied posé sur la terre derrière les barbelés, un petit pied pour connaître la liberté.

Les explications d'Abdou provoquent une vaste rumeur dans nos rangs. C'est la première fois que nous entendons parler d'une chose pareille. D'ordinaire, ceux qui tentent leur chance le font par petits groupes. Là, nous sommes cinq cents. J'essaie de retrouver Boubakar dans la foule. Il me sourit lorsqu'il me voit venir à lui. Je n'ai pas cessé de penser à lui depuis qu'Abdou nous a annoncé la nouvelle. Je suis mortifié. « Que vas-tu faire, Boubakar ? » Il ne répond pas tout de suite. Il me sourit. Puis il dit doucement : « Je vais courir. » Je pense alors à sa jambe tordue. Je pense à cette malédiction qui le rendra trop lent, trop maladroit. Je pense qu'il n'a aucune chance et qu'il le sait certainement.

— Tu n'as pas essayé de les convaincre de faire autrement ?

— C'est la seule idée qui vaille, me répond-il avec douceur.

Je veux être sûr qu'il a conscience de la folie de son entreprise, alors j'insiste :

— Tu vas courir ?

Il répond sans hésiter :

— Oui, avec l'aide de Dieu.

Sa voix est ferme et tranquille. Je vois dans ses yeux qu'il ne dit pas cela pour me rassurer. Il va courir. De toutes ses forces. En claudiquant. Mais il y mettra sa rage. La détermination de Boubakar me fait baisser les yeux. Il le voit. Il ajoute : « Ne perdons pas de temps. Il faut construire les échelles. » Alors, dans la forêt de notre clandestinité, commence un immense chantier. Nous coupons les branches, taillons, clouons. Des échelles de fortune naissent au creux de nos bras. Il faut les faire solides et hautes. C'est sur elles que nous prendrons appui pour le grand saut. C'est de leur solidité que va dépendre notre vie à venir. Si elles craquent, nous sommes condamnés à nouveau à l'attente et au désert. Si elles tiennent, nous foulerons la terre de nos rêves. Nous mettons toute notre attention et notre art dans la construction de ces échelles. Il en pousse de partout. Chacun veut la sienne. Il faut que nous puissions en tapisser les barbelés.

Je travaille avec acharnement. Et je me sens fort. Nous allons courir. Oui. Et même Boubakar le tordu sera plus rapide qu'un jaguar. Nous allons courir et rien ne nous résistera. Nous ne sentirons pas les barbelés. Nous laisserons des traînées de feu sous nos pieds. Et au petit matin, lorsque les forces de police marocaines viendront incendier notre campement, elles ne trouveront qu'une forêt vide – et quelques oiseaux qui riront de leur inutilité.

Nous sommes allongés dans les hautes herbes depuis plus de deux heures. Immobiles. Scrutant la frontière à nos pieds. La colline est pleine d'hommes qui épient la nuit avec inquiétude. Cinq cents corps qui essaient de ne pas tousser. De ne pas parler. Cinq cents hommes qui voudraient être plats comme des serpents. Nous attendons. C'est Abdou qui doit donner le signal. Il est à peu près deux heures du matin. Peut-être plus. À nos pieds, nous distinguons les hauts barbelés. Il y a deux enceintes. Entre les deux, un chemin de terre où patrouillent les policiers espagnols. Il va falloir escalader deux fois. Chacun scrute ces fils entortillés en essayant de repérer un endroit plus propice à l'assaut. C'est si près. Nous sommes à quelques mètres de notre vie rêvée. Un oiseau ne mettrait pas une minute à franchir la frontière. C'est là. À portée de main.

Les policiers espagnols ne sont pas très nombreux. Une vingtaine à peine. Mais, le long de la première barrière, il y a aussi des postes marocains. Combien d'entre nous vont passer ? Qui réussira et qui échouera ? Nous n'osons pas nous regarder les uns les autres, mais nous savons bien que tout se joue maintenant. Et que tout le monde ne passera pas.

Cela fait partie du plan. Il faut que certains échouent pour que les autres passent. Il faut que les policiers soient occupés à maîtriser des corps, pour que le reste de notre bande soit libre de courir. Je me demande ce que je vais devenir. Dans quelques heures, peut-être, je serai en Espagne. Le voyage prendra fin. J'aurai réussi. Je suis à quelques heures, à quelques mètres du bonheur, tendu dans l'attente comme un chien aux aguets.

Tout à coup, j'entends Boubakar s'approcher de moi et me murmurer à l'oreille : « Quand nous courrons, Soleiman, promets-moi de courir le plus vite possible. Ne t'occupe que de toi. Promets-le-moi. » Je ne réponds pas. Je comprends ce que me dit Boubakar. Il me demande de ne pas me soucier de lui. De ne pas l'attendre ou l'aider. D'oublier sa jambe tordue qui l'empêchera d'avancer. Boubakar me demande de ne pas regarder ceux qui courent à mes côtés. De ne penser qu'à moi. Et tant pis pour ceux qui chutent. Tant pis pour ceux qu'on attrape. Je dois me concentrer sur mon souffle. C'est cela que veut Boubakar. Comme je n'ai toujours pas répondu, il me pince dans la nuit en répétant avec insistance : « Promets-le-moi, Soleiman. Il n'y a que comme ça que tu passeras. » Je ne veux pas répondre à Boubakar. Nous allons courir comme des bêtes et cela me répugne. Nous allons oublier les visages de ceux avec qui nous avons partagé nos nuits et nos repas depuis six mois. Nous allons devenir durs et aveugles. Je ne veux pas répondre à Boubakar, mais il continue à parler et à me serrer le bras. « Si tu tombes, Soleiman, ne compte pas sur moi pour revenir sur mes pas. C'est fini. Chacun court. Nous sommes seuls, tu m'entends. Tu dois courir seul. Promets-le-moi. » Alors je cède. Et je promets à Boubakar. Je lui promets de le laisser s'effondrer dans la poussière, de ne pas l'aider si un chien lui fait saigner les mollets. Je lui promets d'oublier qui je suis. D'oublier que cela fait huit mois qu'il veille sur moi. Le temps de l'assaut, nous allons devenir des bêtes. Et cela, peut-être, fait partie du voyage. Nous éprouverons la violence et la cécité. La fraternité est restée dans le bois. Nous lui tournons le dos. C'est l'heure de la vitesse et de la solitude.

« Si Dieu le veut, nous nous retrouverons là-bas », murmure Boubakar en me tapotant l'épaule. Et il reprend sa position dans l'herbe. Nous nous en remettons à Dieu parce que nous savons que nous ne pouvons pas compter sur nous. Nous serons sourds aux cris de nos camarades, et nous prions que Dieu ne le soit pas. Il me semble que ces instants passés dans l'herbe à attendre l'assaut me font vieillir davantage que le voyage à travers le désert. Il n'y a pas que les difficultés que nous rencontrons, l'argent à trouver, les passeurs, les policiers marocains, la faim et le froid. Il n'y a pas que cela, il y a ce que nous devenons. Je voudrais demander à Boubakar ce que nous ferons si, une fois passés de l'autre côté, nous nous apercevons que nous sommes devenus laids. Boubakar veut que je coure et je courrai. Et s'il m'appelle, s'il me supplie, je ne me retournerai pas. Je n'entendrai même pas ses cris. Je vais me fermer aux visages qui m'entourent. Je vais me concentrer sur mon corps. Le souffle. L'endurance. Je serai fort. C'est l'heure de l'être. Une fois pour toutes. Mais je me pose cette question : si je réussis à passer, qui sera l'homme de l'autre côté ? Et est-ce que je le reconnaîtrai ?

La nuit avançait et nous étions engourdis de froid. Les corps se fatiguaient à ne pas bouger. Nous avions hâte de pouvoir étendre nos jambes, nous relever et courir. Pas un bruit ne venait interrompre le vol des nuages. Les oiseaux s'étaient tus – surpris par ces centaines d'ombres tapies contre terre – mais les policiers ne semblaient pas s'en être aperçus.

Vers trois heures du matin, nous avons vu des mouvements dans les lignes espagnoles. Ils changeaient les équipes. Un camion est venu déposer des hommes et en a repris d'autres. La relève est moins nombreuse. Ils ne sont plus que quinze. Cinq hommes en moins, c'est autant d'entre nous qui passeront. Alors Abdou s'est levé, droit sur ses jambes, dominant toute la colline de sa silhouette, et a hurlé : « A l'attaque ! » Nous nous sommes tous dressés d'un bond. Cinq cents hommes qui sortent de terre. Les silhouettes des gardes espagnols se sont figées. Ils ne devaient pas encore comprendre ce qui se passait. Ils devaient commencer à distinguer des corps et à entendre des cris se rapprocher mais sans réaliser qu'une vague nombreuse se ruait sur eux. En une seconde, j'étais sur pied. Et j'ai laissé derrière moi Boubakar et les hautes herbes.

Mon empreinte dans les fougères a dû rester encore longtemps là-bas, seules traces de ces heures d'attente infinies.

Je cours. Je dévale la colline en serrant mon échelle. Je n'en reviens pas que nous soyons si nombreux. Je dépasse des hommes qui soufflent comme moi, avec la même rage. Je cours. Je vais vite. Je suis jeune. Il faut se frayer un passage dans la foule. Tout le monde a les yeux rivés sur la barrière. Les gardes espagnols ont réalisé maintenant. Ils hurlent dans la nuit. Que disent-ils ? Est-ce qu'ils nous ordonnent de nous arrêter ? Rien ne nous arrêtera. Certains d'entre eux se mettent à tirer en l'air. Des coups de sommation certainement. Pour nous intimider. Leurs balles ne nous font pas peur. Ils n'en auront pas suffisamment pour chacun d'entre nous. Je serre fort mon échelle. Je suis maintenant à quelques mètres de la barrière. Je la plaque contre les barbelés. Je n'ai pas le temps de regarder si elle atteint le sommet, je commence à monter. Des dizaines d'autres échelles jaillissent partout autour de moi. Les plus jeunes d'entre nous sont arrivés. L'assaut a commencé. Je monte à toute vitesse. Les barreaux ne cèdent pas mais l'échelle est trop courte. Il reste presque un mètre à franchir. Je m'agrippe au fil qui me fait saigner les mains. Cela n'a pas d'importance. Je veux passer. J'ai le souffle court. Les bras me tirent. Je dois tenir. La barrière est secouée de mouvements incessants. Elle se tord et grince de tous ces doigts qui l'agrippent. Je suis en haut. Il ne me reste plus qu'à passer la jambe pour descendre de l'autre côté. C'est alors qu'ils ont commencé à tirer des grenades lacrymogènes dans le tas indistinct des assaillants. J'entends les cris de ceux qui se cachent les yeux et suffoquent. Mais il y a pire. Les véhicules de la police marocaine arrivent en trombe et nous prennent à revers. Nous sommes maintenant coincés entre les Marocains et la grille.

Il faut monter. Il n'y a plus d'autre solution. J'entends des coups de feu. Des corps tombent. C'est alors que je vois Boubakar, sur une échelle, à quelques mètres de moi. À mi-chemin entre la terre et le sommet. Il ne bouge plus. Il est accroché aux barbelés et ne parvient pas à s'en défaire. Des assaillants, sous lui, commencent à hurler. Ils veulent l'agripper pour le faire tomber et qu'il cède sa place. Je ne réfléchis pas. Je descends dans sa direction. En quelques secondes, je suis sur lui et arrache la manche de son pull. Il me regarde avec étonnement. Comme un chien regarde la lune. Je lui hurle de se dépêcher. Il reprend son ascension. Nous sommes tous les deux au sommet, maintenant. Il faut faire vite. La panique s'est emparée de ceux qui sont encore à terre. Pour échapper aux coups des Marocains, ils montent en maltraitant ceux qu'ils dépassent. Chacun tente de sauver sa vie. Je fais passer la jambe morte de Boubakar au-dessus du grillage et nous descendons de l'autre côté. Les bras me tirent, je n'ai plus de force et me laisse tomber. Je chute. Je sens l'impact dur du sol. Les genoux qui me rentrent dans le ventre. Je suis fatigué mais je sens sous moi cette terre nouvelle et cela me donne une force de conquérant. Nous y sommes presque. Il ne reste plus qu'une grille à monter. Boubakar est à mes côtés. Je le sens respirer comme un gibier après la course. Nous sommes tous les deux là. Je voudrais sourire car je me sens une force de titan. J'ai sauté sur l'Europe. J'ai enjambé des mers et sauté par-dessus des montagnes. Je voudrais embrasser Boubakar mais nous n'avons pas le temps. Il reste une grille à franchir. Il se relève en même temps que moi. À cet instant, le but nous semble proche. Nous ne nous doutons pas que le pire est à venir.

XI

Le messager silencieux

Le car s'arrêta sur le bord de la route. Salvatore Piracci ouvrit les yeux. Il somnolait depuis longtemps. Tout autour de lui, à perte de vue, n'était que pierrailles et cailloux fissurés de soleil. Pourquoi s'arrêtait-on ici ? Au milieu de nulle part ? Il essaya de comprendre, cherchant du regard une station d'essence, un barrage ou autre chose... Peut-être fallait-il simplement faire reposer le car comme on le fait d'une monture ?

C'est alors qu'il entendit des voix énervées devant lui. Le chauffeur avait entrepris de passer parmi les passagers. Devant certains, il ne faisait rien. Devant d'autres, étrangement, il se mettait à parler très vite, avec énervement. Les intéressés tentaient de se défendre, d'élever la voix, d'argumenter mais le chauffeur ne les laissait que lorsqu'ils avaient sorti de leur poche un peu d'argent et lui avaient glissé dans la main quelques billets de plus. Le commandant aurait été incapable de dire s'il s'agissait d'un supplément légitime ou d'un racket à peine déguisé. Les passagers ne semblaient pas vraiment se rebeller mais le pouvaient-ils dans ce car au milieu de nulle part ?

Le chauffeur progressait. Remontant vers l'arrière du car. Lorsqu'il arriva au niveau du commandant, il se mit à parler très vite en lui faisant, avec la main, le signe de l'argent. Salvatore Piracci leva sur lui des yeux fatigués et ne répondit pas. Le chauffeur haussa alors le ton en répétant sans cesse : « *Money !… Money !…* » Le commandant plongea alors la main dans sa poche et en sortit la liasse entière qu'il fourra dans la main du chauffeur. Étrangement, celui-ci ne sembla pas pleinement satisfait. Il prit le temps de compter méthodiquement puis, au lieu de tout prendre, il remit à Salvatore Piracci deux billets froissés. Comme si le compte juste lui suffisait et que le commandant devait s'acquitter d'un supplément précis, justifié et officiel, et non d'un racket arbitraire et spontané.

Sans rien comprendre, le commandant remit les billets dans sa poche. « Tout cela est peut-être normal, pensa-t-il. Je n'ai aucune idée d'où est Ghardaïa, comment saurais-je le prix que cela coûte ? » Il rumina encore un temps tout cela en se demandant pourquoi le chauffeur ne lui avait pas demandé d'emblée le prix exact du billet mais, ne trouvant pas de réponse à cette question, il décida de ne plus s'en soucier.

Le chauffeur regagna lentement sa place. Puis, visiblement satisfait de sa tournée, il fit rugir le moteur et reprit la route. La chaleur cognait avec cruauté sur la tôle du toit. Les corps fondaient, les uns sur les autres. La poussière soulevée par les roues s'engouffrait dans le car par toutes les fenêtres. Cette rudesse poussait les hommes à la somnolence. Salvatore Piracci ferma à nouveau les yeux. Il s'endormit malgré sa position inconfortable et les soubresauts du car.

Combien de temps était-ce après cette étrange halte ? Il sentit d'un coup une main lui secouer l'épaule. Il ouvrit les yeux. Un de ses voisins, un homme assis, le regardait en souriant et lui demandait, dans un assez bon anglais :

— D'où venez-vous ?

Il trouva d'abord étrange qu'on l'extirpe de sa torpeur pour cela. Si cet homme était curieux, il aurait pu attendre qu'il se réveille pour lui poser ses questions. Mais il ne dit rien. Il regarda l'homme. Celui-ci avait l'air sympathique, le regard sincère de qui cherche à passer le temps en discutant.

— Europe, dit-il.

L'homme le regarda avec un sourire admiratif. Plusieurs visages s'étaient tournés vers lui. Il sentit que la conversation allait se répandre comme une maladie, tout autour de lui, et qu'il ne pouvait plus rien y faire.

Le voisin de celui qui avait posé la première question lui demanda alors s'il était vrai qu'il faisait froid là-bas. Et Salvatore Piracci se rendit compte que tous ceux qui avaient entendu la question attendaient la réponse avec impatience.

— Trop froid, répondit-il.

Et les hommes se mirent à rire, comme si le commandant avait fait une plaisanterie, exagérant à l'extrême un minuscule défaut de son continent. Salvatore Piracci comprit ce qui allait se passer. Ils ne le laisseraient pas. Ils allaient le bombarder de questions et toutes auraient le même but : se faire raconter comme la vie est belle là-bas et comme il doit être doux d'y être né. Tous ces hommes n'étaient pas candidats au voyage mais tous, en rentrant chez eux, allaient rapporter à leurs amis, leurs proches, leurs cousins ce que le drôle de Blanc du car avait raconté. Et la fièvre se répandrait, levant partout une armée de jeunes gens prêts à tout pour passer. Cette idée lui répugna. Il repensa à la femme du *Vittoria* et à son fils mort jeté à l'eau au milieu de nulle part.

Alors, lorsqu'un jeune homme à lunettes lui demanda s'il y avait du travail chez lui, il répondit en articulant chaque mot et en répétant :

— Non. Pas de travail. Pas de travail du tout.

Cette réponse provoqua une bronca de désappointement. Le chauffeur qui n'était pas si loin et n'avait rien perdu de la conversation posa à son tour des questions. Salvatore Piracci entreprit de répondre à tous comme cela lui semblait juste. Il décida d'être dur. Il parla de la misère des riches. De la vie d'esclave qui attendait la plupart de ceux qui tentaient le voyage. Il parla de l'écœurement devant ces magasins immenses où tout peut s'acheter mais où rien n'est vraiment nécessaire. Il parla de l'argent. De sa violence et de son règne.

Les hommes l'écoutèrent d'abord avec surprise, puis avec mauvaise humeur. Il entendit autour de lui des injonctions lancées dans des langues qu'il ne comprenait pas. Etaient-ce des insultes ? Ou des exhortations à se taire ? Petit à petit, les questions se tarirent. Les visages redevinrent durs. Personne ne voulait plus l'entendre parler. Ceux qui s'étaient retournés sur leur siège pour ne rien perdre de ses réponses lui tournèrent à nouveau le dos. Certains parlèrent entre eux, échangeant certainement leur avis sur lui. « Je sais ce qu'ils pensent, se dit Salvatore Piracci. Ils m'en veulent de parler ainsi. » Il voyait dans leur regard qu'ils ne le croyaient pas et que rien de ce qu'il avait dit ne les empêcherait de continuer à caresser leur rêve d'Europe avec délices.

Le silence revint. Le bruit du moteur, seul, régnait. Salvatore Piracci se jura de ne plus jamais répondre à aucune question. Même à la première, celle qu'ils posaient tous : « D'où viens-tu ? », même celle-là, il fallait la rejeter. Le silence. Il n'y avait plus que cela désormais. Il n'enverrait personne sur les routes. Il ne nourrirait le rêve d'émigration de personne. Il se tairait. Traversant simplement des pays qui lui seraient étrangers.

Lorsqu'ils arrivèrent à une sorte de minuscule hameau qui s'étalait le long de la route, le car s'arrêta à nouveau et, à nouveau, le chauffeur se leva et entreprit de passer dans les rangs. Une nouvelle fois, il s'arrêta devant Salvatore Piracci et lui fit le geste de l'argent. Le commandant sortit les deux billets qu'il lui restait mais au lieu de les prendre, le chauffeur lui fit comprendre que cela ne suffisait pas. Pour bien montrer qu'il n'avait rien d'autre, Salvatore Piracci retourna ses poches. Le geste n'apaisa nullement la fureur du chauffeur qui lui montra ostensiblement la porte. Salvatore Piracci crut d'abord que c'était une menace brandie dans un but d'intimidation, mais il dut se rendre à l'évidence : le chauffeur insistait pour qu'il sorte. Bientôt des passagers, probablement pressés de repartir, lui firent des gestes de la main, le chassant comme on chasse une mouche ou un mauvais esprit.

Il dut alors se résigner à descendre, sidéré de ce qui se produisait. Il ne savait où il était. Il n'avait aucune idée de ce qu'il allait pouvoir faire. Le car était déjà en train de repartir. Salvatore Piracci resta là, incrédule, les bras ballants, incapable de dire ce qu'il venait réellement de se passer. Quelle était cette étrange façon de faire payer leur ticket aux voyageurs au fur et à mesure du trajet ? Pourquoi le chauffeur ne lui avait-il pas dit dès le début qu'il n'avait pas assez ? À moins qu'il n'y ait là une sorte de coutume : le voyageur a le droit de monter dans le car et d'aller aussi loin qu'il peut. Plutôt que d'interdire l'accès à ceux qui n'ont pas assez, on leur permet de se rapprocher un peu de leur but. Il y avait là une certaine logique. Mais Salvatore Piracci ne parvenait pas à exclure une autre possibilité : on l'avait fait descendre à cause des réponses qu'il avait données à toutes les questions des passagers. On lui avait fait payer ses descriptions sombres et ses mises en garde. On avait vu en lui un mauvais esprit et on avait préféré le laisser sur le bord de la route pour qu'il ne nuise pas davantage au sort des voyageurs.

Le soir tombait. Salvatore Piracci regarda autour de lui. Qu'allait-il pouvoir faire ici ? Il se sentait las et éreinté. S'il n'avait même plus sa place dans un pareil car, peut-être valait-il mieux abdiquer.

Le hameau se composait de quelques baraquements pauvres et d'une sorte de terre-plein circulaire qui servait d'aire de repos aux véhicules de passage. Quelques vieilles voitures y stationnaient en attendant de repartir, à moins qu'elles ne soient venues ici pour y mourir. Deux camions s'y étaient également arrêtés. Salvatore Piracci s'approcha. À quelques dizaines de mètres des véhicules, des hommes étaient assis dans la poussière. Ils étaient une bonne trentaine, installés en rond autour d'un feu. Ils avaient fait ici leur campement, attendant probablement le lendemain pour reprendre la route. Des couvertures étaient étendues çà et là. Salvatore Piracci sentit le froid lui tomber sur les épaules. Il se rapprocha timidement du groupe pour profiter un peu de la chaleur du feu. Personne ne fit attention à lui. Le commandant s'approcha encore et prit place parmi la petite foule assise. Au centre du cercle, à quelques pas du bûcher, un grand homme aux yeux brillants comme des torches était en train de parler. Tous les regards convergeaient vers lui. On l'écoutait avec passion. Ce devait être un Malien ou un Ivoirien. Il parlait en français. Salvatore Piracci se concentra pour comprendre ce qu'il disait. Il parla tout d'abord de voitures, d'un voyage pénible et dangereux. Puis plusieurs fois dans son récit un mot revint, qu'il prononça toujours avec une sorte d'emphase :

— Massambalo.

— Qui ? demanda un homme enfoui dans une couverture.

— Le dieu des émigrés, répondit calmement l'Ivoirien.

— Comment l'appelles-tu ?

— Massambalo. Hamassala ou El-Rasthu, répondit-il. Il a plusieurs noms. Il vit quelque part en Afrique, terré dans un trou dont il ne sort jamais.

— Comment sait-on à quoi il ressemble alors ? demanda un jeune homme à la mine circonspecte.

Et Salvatore Piracci se surprit à attendre la réponse avec une véritable curiosité.

— Lui, on ne sait pas, reprit le conteur. Mais il a des esprits qui voyagent pour lui. On les appelle « les ombres de Massambalo ». Elles sillonnent le continent. Du Sénégal au Zaïre. De l'Algérie au Bénin. Elles peuvent revêtir différentes formes : un enfant gardant quelques chèvres sur le bord d'une route. Une vieille femme. Un chauffeur de camion au regard étrange. Ces ombres ne disent rien. C'est à travers elles que Massambalo voit le monde. Il voit ce qu'elles regardent. Il entend ce qu'elles écoutent. À travers elles, il veille sur les centaines de milliers d'hommes qui ont quitté leur terre. Ces ombres sont toujours en route. On ne les voit qu'une fois. Le temps d'une halte. D'un voyage. Le temps de leur demander son chemin ou une cigarette. Elles ne parlent pas. Ne révèlent jamais qui elles sont. C'est au voyageur qui les croise de deviner leur identité. S'il le fait, il doit s'approcher doucement, avec respect, et poser cette simple question : « Massambalo ? » Si l'ombre acquiesce, alors, il peut lui laisser un cadeau. L'ombre de Massambalo prend l'offrande et la conserve. C'est signe que le périple se passera bien. Que le vieux dieu veillera sur vous.

Salvatore Piracci regarda tout autour de lui les visages ébahis de l'assemblée. Ces hommes buvaient les mots du conteur. Une lumière de soulagement coulait dans leurs yeux. Il existait donc quelque part un esprit pour veiller sur eux. Il ne leur serait peut-être pas donné de le rencontrer mais le monde n'était pas vide. Des ombres couraient çà et là qui embrassaient leur cause. L'assistance écoutait avec émerveillement. Salvatore Piracci contemplait le visage de ces hommes dont les traits avaient été cardés par la misère et l'effort. Tous redevenaient enfants à l'évocation de ces esprits errants qu'ils rêvaient de rencontrer.

Les hommes, dans la nuit, se racontaient des histoires pour se faire briller les yeux. Le vieux monde n'était pas mort. Il était encore des êtres secoués d'impatience qui souriaient au rêve toujours recommencé du lointain bonheur que l'on va chercher.

Une sorte de dégoût le submergea, sans qu'il sût si c'était parce qu'il ne pouvait partager cet enthousiasme ou si c'était de constater qu'une telle crédulité puisse exister. Les deux sentiments se mêlaient en lui. Il ne pouvait éprouver que du malaise face à ces histoires que les hommes se racontent et qui les poussaient sur des routes indécises. Il savait, lui, qu'à l'heure des tempêtes, il n'y a pas d'esprit pour veiller sur les malheureux. Tout cela était mensonge. Mais une autre douleur l'étreignait, paradoxale et antinomique avec la première : celle de ne pouvoir partager leur foi. Il aurait aimé y croire, lui aussi. Que ses yeux brillent de la même joie aveugle. Que ce mot simple de « Massambalo » lui confère, comme à eux, une véritable force, par simple évocation. Mais il était sec. Et usé. Plus rien ne pouvait ranimer son regard. « Je ne fais plus partie des hommes », pensa-t-il. Et doucement, sans troubler la conversation qui continuait, il se leva et s'écarta du cercle, s'éloignant du feu et de sa chaleur et laissant l'ombre l'avaler.

« Je ne vis plus pour rien », pensa Salvatore Piracci en s'éloignant du petit groupe d'hommes. Les voix, dans son dos, continuaient à bercer les flammes. Il marchait sans but, d'un pas traînant, laissant simplement les phrases l'envahir tout entier. « Plus personne n'est là pour se soucier de ce que je deviens. Je ne laisse ni parents, ni femme, ni enfants. Une vie solitaire, décrochée de tout, qui roule sur elle-même jusqu'à épuisement. Ma disparition ne changera rien. Le grand ciel d'étoiles ne veille plus sur ma vie. »

Il s'arrêta et contempla, tout autour de lui, la nuit qui caressait les pierres de la route. « Si je poursuis, la vie va être longue. Je suis tari comme une vieille outre sèche. Plus rien en moi qui me donne envie. Je regarde les hommes et ne les comprends pas. Il est temps de mourir. Me voilà arrivé au bout de ma course. » Il pensa à tous ces cas où les corps abandonnent prématurément l'esprit, tous ces êtres qui disparaissent parce que le corps se rompt. Pour lui, c'était l'inverse. Son corps pouvait encore durer. Il n'était ni vieux, ni malade. Mais l'esprit était sec. Deux voies s'ouvraient alors à lui : durer jusqu'à ce que le corps, à son tour, abdique ou partir maintenant. Il ne ressentait aucune douleur. Aucun cri de désespoir qu'il aurait eu du mal à contenir. La vie s'était simplement retirée de lui.

« Cela a commencé lorsque cette femme m'a abordé dans les ruelles du marché de Catane, pensa-t-il. C'est cela, au fond, qu'elle est venue me dire : qu'il était temps de me mettre en route pour trouver ma mort. Depuis la femme du *Vittoria*, je n'ai fait que mourir progressivement. Il a fallu que je traverse la mer et vienne ici. Il a fallu que je quitte tout ce que j'étais. Et maintenant je suis au point où je ne peux plus rien abandonner. C'est la dernière marche. La toute dernière. Il faut juste accepter de disparaître. Je vais me fondre dans l'ombre. Je vais poser à terre mes fatigues. »

Il pensa alors à l'arme qu'il avait donnée jadis à cette femme. « Si je l'avais sur moi, à l'heure qu'il est, tout serait plus facile. La détonation ferait sursauter les étoiles, puis plus rien. »

Mais il n'avait rien, ni pistolet ni même un couteau. Il marcha vers les masses endormies des deux camions à l'arrêt. Il les longea sans faire de bruit, jusqu'à atteindre l'arrière des véhicules. Là, il se mit à genoux et entreprit d'extraire un des deux lourds bidons d'essence accrochés au ventre du camion comme des mamelles d'aluminium. Le bidon tomba à terre avec un bruit sourd de métal.

Lorsqu'il ouvrit le bouchon, l'odeur du combustible chassa le parfum tranquille de la nuit. Il ne pensait plus à rien. Une torche, un jaillissement de lumière, puis le néant, c'est cela qui adviendrait. Il se versa de l'essence sur les jambes, le torse et les cheveux. L'odeur puissante faillit le faire tourner de l'œil. Il était maintenant assis à même le sol, jambes ouvertes, tête basse. Plus personne ne se souciait de lui. Des gouttes d'essence dégoulinaient de ses habits détrempés. Il était une flaque qui ne tarderait pas à prendre feu. Il respira profondément pour laisser entrer en lui toute cette dernière nuit. Il était loin du monde et n'avait plus la force même de se signer.

Il entendit encore, au loin, les éclats de voix du petit groupe d'hommes qui se serraient contre le feu. Ils étaient à une dizaine de mètres, à peine, dans son dos, mais si loin que cette rumeur lui sembla étrange. « Il en est encore pour vivre, pensa-t-il. Ceux-là parlent, ont froid, se demandent ce que demain sera. Ils n'ont rien, sont plus pauvres que ce que j'étais durant toute ma vie mais ils tiennent. Et partout, sur le continent, il en est, comme eux, qui luttent avec la poussière et la faim. Il est juste que je cède ma place. »

Il chercha alors dans sa poche de quoi embraser l'essence qui le recouvrait. Sa main tâta sa chemise, puis son pantalon. Il n'avait rien. Ni briquet. Ni allumette. Une vague de désespoir et de dégoût lui souleva le cœur. Tout cela était ridicule. Il n'avait même pas de quoi achever son geste. Il aurait pu en rire si cela n'avait pas été tragique. S'il avait eu son arme, tout aurait été si simple. Il se sentait englué dans une laideur qui le révoltait. « Il faut que je boive l'amertume jusqu'à la lie », pensa-t-il. Rester ici à attendre que le jour se lève et qu'on le trouve tout puant d'essence, subir à nouveau les questions, la curiosité des hommes, devoir à nouveau se débattre, cela l'épuisait d'avance. Il chercha désespérément un autre moyen d'en finir, mais n'en trouva pas.

C'est alors qu'il entendit des bruits de pas dans son dos. Quelqu'un s'approchait. Il se retourna lentement, espérant que l'intrus ne l'apercevrait pas mais il sursauta en voyant qu'un homme se tenait à quelques pas de lui et le fixait avec interrogation. L'homme ne disait rien, essayant probablement de comprendre ce qui se jouait devant lui. Il regardait le bidon renversé, la flaque d'essence. La terreur naissait doucement dans ses yeux. Salvatore Piracci sentit qu'il était sur le point de crier, de donner l'alarme, d'appeler à l'aide. Il lui fit alors un geste doux de la main pour lui demander de se taire, puis, en le regardant droit dans les yeux, il lui demanda s'il avait des allumettes. Lorsque l'homme comprit, il eut un geste de recul. Le commandant essaya de le retenir pour qu'il ne retourne pas au campement. Il tomba à genoux et, en levant les yeux sur l'inconnu, il réitéra sa demande :

— Je vous en prie, dit-il d'une voix assurée et profonde, je vous en prie.

L'inconnu vit qu'il avait à faire à un homme calme, que ce n'était pas un dément. Il perçut dans sa voix une profonde détermination mais, contrairement à ce qu'espérait Salvatore Piracci, cela le terrifia encore davantage. Il dévisageait maintenant le commandant comme s'il s'agissait d'un monstre. Salvatore Piracci comprit à ce regard qu'il ne lui donnerait pas ce qu'il demandait. Il pensa, un temps, qu'il pourrait se ruer sur lui pour l'obtenir de force mais cela lui faisait horreur. La faim et l'odeur puissante de l'essence, tout autour de lui, lui faisaient tourner la tête. Il sentait qu'il allait perdre connaissance, d'épuisement et de renoncement. Sa vue se brouilla. Son champ de vision rétrécissait. Un bourdonnement croissant lui paralysait l'esprit. Il eut le temps d'entendre des cris lointains – ceux peut-être que poussait l'intrus pour appeler à lui les autres hommes – et de sentir qu'il tombait. Il sentit encore qu'un homme retenait sa chute. Puis il s'évanouit.

XII

Frères d'enfer

Le cauchemar a commencé lorsque nous nous sommes trouvés entre les deux grilles. La bande de terre était juste assez large pour que puisse circuler une voiture. Tous ceux qui parvenaient à franchir la première grille s'y retrouvaient. Nous fûmes bientôt entassés les uns sur les autres. Les corps tombaient du sommet des barbelés. Il en venait toujours. Certains se cassaient une jambe dans la chute et ne pouvaient plus se relever. Les autres leur tombaient dessus dans des hurlements sourds de corps en souffrance. Certaines échelles parvenaient à passer, mais avant qu'elles ne soient correctement mises contre le second grillage, elles encombraient la foule et empêchaient tout mouvement. C'est dans cette confusion que les policiers espagnols chargèrent. Avec leurs matraques. Ils frappèrent indistinctement tous les corps qui se présentaient à eux. Leur charge provoqua un mouvement de panique. Tout le monde voulait fuir mais il n'y avait nulle part où aller. Dans la cohue, les hommes se piétinaient, se montaient dessus, se poussaient violemment. J'ai vu, à quelques mètres de moi, une femme perdre son bébé. Avant qu'elle ait pu se jeter à terre pour le protéger, des hommes, sans même s'en apercevoir, étaient passés dessus. Ce n'était que cris et bagarre rageuse pour tenir debout. Il continuait à tomber des assaillants du haut du premier grillage, mais ils tombaient maintenant sur une marée humaine.

Je nous voyais mourir là, dans cette bande de terre qui n'est à personne.

Et puis j'ai vu, à quelques mètres, une brèche dans la grille. Je ne sais pas comment ils ont pu percer le grillage, mais certains des nôtres avaient pratiqué une ouverture à ras de terre. Ils rampaient comme des lézards pour se frayer un passage. Les barbelés leur lacéraient le dos ou le ventre mais les laissaient passer. C'est là qu'il faut aller, ai-je pensé. Nous ne passerons pas avec les échelles. Elles sont prises d'assaut et plus personne ne peut y monter. Une fois dessus, nous sommes une cible pour les policiers. Ils tirent maintenant, avec des balles en caoutchouc. Les blessés viennent encombrer les vivants. Non. Les échelles sont perdues.

Je tire Boubakar par la manche. Il voit le trou et s'y précipite. Il se met sur le dos et avance comme il peut. Je le vois grimacer. Les barbelés lui laissent sur le torse de longues griffures. Il hurle mais progresse. Ce sera bientôt mon tour.

Soudain des policiers espagnols avancent droit sur moi. Ils sont trois. Ils ont vu le trou et veulent se poster devant pour en garder l'entrée avec férocité. Il va falloir se battre. La matraque du premier s'abat sur mon épaule. Je sens la douleur engourdir mon bras. Il ne faut pas céder. Je dois tenir. Je frappe l'homme au visage. Il recule de trois pas, assommé. Je pourrais me jeter sur lui et le mettre à terre mais ce ne serait que perdre du temps. Les autres ne tarderaient pas à me saisir. Je profite de ces quelques secondes pour me plaquer au sol et essayer de me glisser sous les fils barbelés. Je sens que l'on m'agrippe par les pieds. Je rue comme un mulet. Je frappe au hasard pour que les mains voraces lâchent prise. Ils cognent maintenant de toutes leurs forces sur mes jambes. Je ne parviens plus à avancer. Je suis épuisé. S'ils me tirent à nouveau à eux, je ne pourrai plus résister. C'est alors que je sens les mains de Boubakar qui me saisissent aux poignets. Il me tracte avec force. Sa vigueur me tire à lui. La jambe de Boubakar est tordue mais ses bras sont épais comme des troncs d'arbre. Il tire comme s'il voulait me démembrer. Je sens les barbelés me labourer les chairs dans le dos. Je suis comme un escargot empêché par sa coquille à moitié écrasée. Boubakar ne lâche pas, il tire toujours. Je glisse, lentement, avec cruauté, sous les nœuds acérés des barbelés. Lorsque mes jambes ont fini de passer, je me retourne sur le dos, épuisé. J'ai le temps d'apercevoir ce que je quitte.

Les trois Espagnols ont été bousculés par la foule. C'est à cela que je dois mon passage. Ils n'ont pas eu le temps de s'occuper de moi. Ils se sont mis dos contre le barbelé pour stopper les autres. Je dois ma chance à ceux qui ne passeront pas et qui, en se jetant sur mes assaillants, les ont détournés. Je ne saurai jamais de qui il s'agit. Je ne pourrai jamais remercier ceux qui m'ont sauvé. C'est une foule indistincte. Une foule qui m'a permis de la quitter.

Je sens la main de Boubakar qui me tient encore le poignet. Il est là, au-dessus de moi. Je le regarde entre deux éblouissements de fatigue. Il pleure. Il vient de mettre un terme à sept années d'errance. Il pleure comme un enfant. Je voudrais lui parler, lui dire qu'il avait tort : nous ne sommes pas passés parce que Dieu l'a voulu, mais parce que nous avons gardé un œil l'un sur l'autre. Je voudrais le prendre dans mes bras mais je n'ai plus la force de bouger. Je saigne. Mon corps est assailli de douleur. Des os fracturés, des plaies ouvertes. Je sens la terre nouvelle sous moi. Je voudrais l'embrasser mais avant d'y parvenir je m'évanouis, et tout disparaît.

Je retrouve mes esprits. J'ouvre les yeux.

Tout est silencieux autour de moi. C'est la même nuit, je la reconnais. La même touffeur. J'ai dû ne m'évanouir que quelques instants. Tout est là : le ciel vaste, la nuit qui s'achève, mais je n'entends plus la cohue de l'assaut. Tout est terminé. « Nous y sommes. » La voix de Boubakar m'entoure. « Nous y sommes, mon frère. Et c'est grâce à toi. » Je regarde autour de moi. Nous avons été regroupés. Une centaine d'hommes, peut-être plus. Les blessés – comme moi – ont été disposés sur des brancards. Des Blancs vont et viennent entre nous et distribuent de l'eau ou des soins. Il y a quelques minutes, on se battait pour nous faire reculer, maintenant on veille sur nous avec calme et attention. Boubakar me murmure que j'ai la jambe fracturée. Que les plaies des barbelés sont sans profondeur. À lui, on a fait quelques points de suture. Je souris. Une jambe cassée. Ce n'est que cela. Je suis passé pour une jambe cassée. Nous avons été forts et courageux. Je respire profondément. Des images de la cohue m'assaillent. Je revois les corps serrés, les visages défaits de panique. J'entends les cris et l'éclat des coups de feu. Mais tout cela est derrière moi. Nous sommes passés. On prend soin de nous maintenant, comme si nous étions des enfants. J'aperçois un peu plus loin les policiers espagnols, les mêmes que tout à l'heure. Ils boivent un café en discutant. Ils ne font plus attention à nous. Qu'est-ce qui les empêche de se ruer sur nous et de continuer ce qu'ils ont commencé ? Qu'est-ce qui les empêche de venir près de nous et de nous battre ? Qu'est-ce qui a changé si brutalement ? Ils se réchauffent en buvant un verre. Ils n'ont pas l'air méchants. Ce sont les mêmes bras qui tiennent ces tasses en plastique et qui frappaient sur nos têtes. Les mêmes yeux qui nous traquaient quelques instants plus tôt et semblent maintenant ne plus nous voir. Le monde est étrange. Les démons s'apaisent en une fraction de seconde et viennent nous caresser la joue. Celui qui m'a brisé le fémur viendra peut-être m'offrir une cigarette. Qu'est-ce qui suspend leurs bras ? Je ne sais pas. Nous sommes passés. C'est un jeu et nous avons gagné. Ils respectent les règles.

Je regarde autour de moi. Nous ne sommes à peu près qu'un tiers de ceux qui ont chargé. Les autres ont échoué. Les plus chanceux ont fini par s'enfuir en voyant qu'ils ne passeraient pas. Les autres sont aux mains des Marocains. La nuit sera longue pour eux. Les coups leur meurtriront le visage. À moins qu'ils ne les aient déjà fait monter dans leur camion pour les emmener dans le désert algérien et les y lâcher, au milieu de nulle part.

Je n'ai réussi que parce que d'autres ont échoué. Est-ce que ce sera toujours ainsi désormais ? Pour le travail que je trouverai ? Pour la place que je me ferai ?

— À quoi penses-tu ?

C'est la voix de Boubakar. Je lui réponds : « Nous avons traversé l'enfer. » Je pense à ces quelques minutes qui resteront gravées en mon esprit toute ma vie. Je pense à cette brutale accélération du temps où la vie de tant d'entre nous s'est jouée sur si peu : un réflexe que l'on a eu ou pas, un bras que l'on a réussi à extraire de la mêlée ou pas, un mouvement de la foule qui nous a renversés ou poussés au bon endroit. Si peu. Mais Boubakar parle à nouveau et sa voix me ramène à la nuit et m'apaise.

— Oui, dit-il. Et tu as eu le courage de rester mon frère.

Je ne réponds pas mais je sais que Boubakar a raison. Nous avons traversé la sauvagerie et si j'avais couru comme une bête, si je n'avais plus regardé ceux qui m'entouraient, je me serais perdu. Je serais passé, bien sûr, parce que je suis rapide. Ma jambe, même, serait peut-être encore intacte. Mais je serais damné. Soleiman serait devenu une bête laide qui piétine ses frères. C'est pour cela, sûrement, que je suis allé chercher Boubakar et que je l'ai aidé. Pas pour le sauver lui mais pour me sauver moi. Si je l'avais laissé accroché aux barbelés, je n'aurais plus jamais trouvé le sommeil et j'aurais foulé ces terres nouvelles sans un frisson de plaisir. Boubakar le sait bien. C'est pour cela aussi qu'il a tiré de toute sa force pour que le fil barbelé me laisse passer.

En quinze minutes, à peine, nous avons traversé l'enfer. Il y avait mille périls, mille façons de se perdre mais nous avons tenu. J'ai couru. Comme les autres j'ai poussé du coude des corps pour me frayer un passage, mais je n'ai pas oublié Boubakar.

Je relève la tête. Je regarde les deux hautes barrières et, au-delà, la colline avec notre pauvre forêt.

Nous attendons un camion. Boubakar m'explique que nous sommes en état d'arrestation, que nous allons être mis dans un centre de détention, que nous aurons à manger et à boire et que nous dormirons dans un lit. Puis ils nous relâcheront et nous pourrons aller où nous voudrons. Il faudra quitter le continent, passer en Espagne, puis n'importe où en Europe.

206

Je souris. Tout commence maintenant. Je suis heureux.

C'est alors que Boubakar tend son doigt vers la nuit, en direction de la colline où nous nous cachions. « Regarde », dit-il. J'aperçois de petites lueurs orangées qui scintillent dans la nuit. De plus en plus nombreuses. Ça brûle. Ils viennent de mettre le feu à notre campement. Les flammes sont de plus en plus hautes. Nous imaginons nos sacs, nos affaires brûler, là-bas, à quelques centaines de mètres. Ils vont continuer leur harcèlement sur d'autres que nous, sans cesse. Et les émigrants continueront à se presser aux portes de l'Europe, toujours plus pauvres, toujours plus affamés. Les matraques seront toujours plus dures mais la course des damnés toujours plus rapide. Je suis passé. Je regarde les flammes monter dans la nuit et je recommande mes frères au ciel. Qu'il leur soit donné de franchir les frontières. Qu'ils soient infatigables et bienheureux. Pourquoi ne tenteraient-ils pas leur chance eux aussi, encore et encore ? Que quittent-ils de si enviable ? Nous ne laissons rien derrière nous, qu'un manteau lourd de pauvreté. Tout va commencer maintenant. Pour moi et Boubakar. Un continent est à venir. Nous laissons celui-là brûler, dans la nuit marocaine. Ces étincelles qui montent dans le ciel, ce sont nos années perdues dans la misère et les guerres intestines. Je vais monter dans le camion et je ne me retournerai pas. J'ai réussi. Je repense à celui que j'ai rencontré sur le marché de Ghardaïa. Celui à qui j'ai donné le collier de Jamal. Je le remercie en pensée. Je me mets à pleurer doucement de joie, pour la première fois de ma vie. J'ai hâte. Plus rien, maintenant, ne pourra m'arrêter.

XIII

L'ombre de Massambalo

Le soir tombait sur Ghardaïa comme un grand tissu qui enveloppe les corps et les caresse. Les arbres piaffaient du cri d'oiseaux invisibles. Les lézards semblaient chatouiller la pénombre. Partout la ville bruissait de vie. Les rues étaient pleines. Les vélomoteurs soulevaient la terre sèche des avenues. Le commerce reprenait ses droits sur la chaleur écrasante de l'après-midi.

Salvatore Piracci était assis par terre, sur la place, à côté des vendeurs d'eau, de tissus ou d'essence frelatée. Il n'avait rien à vendre. Mais il restait bien droit, laissant les rumeurs de la foule l'envahir. Il était arrivé le matin même. Après son évanouissement, les hommes du campement lui avaient donné à manger et lui avaient demandé où il allait. Ne sachant que répondre, il s'était souvenu du nom de cette ville qu'avait cité le chauffeur du bus d'Al-Zuwarah et il l'avait répété, avec conviction : « Ghardaïa. » Les hommes, autour de lui, lui firent comprendre que c'était sur leur chemin et qu'ils l'y déposeraient. Pendant tout le voyage, il ne dit plus un mot. Lorsqu'ils arrivèrent à Ghardaïa, il descendit du camion en sentant qu'il était arrivé là où il devait aller. Le camion était reparti, le laissant seul à nouveau.

Il avait choisi cette vaste place pleine de cris et de mouvements parce qu'il lui semblait qu'il pouvait, ici, être parfaitement invisible. Il s'était assis. Sans aucune idée de ce qu'il allait faire, sans savoir du tout à quoi ressemblerait sa vie à partir de maintenant. Les hommes du campement lui avaient fait sécher ses vêtements, mais une odeur tenace d'essence persistait. Il était sale mais n'en éprouvait aucune gêne. Comme s'il était dorénavant au-delà de cela.

Ceux qui l'avaient connu comme commandant à Catane n'auraient pu le reconnaître. Il avait beaucoup maigri. Ses traits s'étaient creusés. Il avait perdu cette molle nonchalance qui distingue un corps opulent d'un corps pauvre. Une longue barbe lui mangeait le visage. Une peur était née dans ses yeux. Il avait autrefois le regard calme de ceux qui sont dans l'autorité, maintenant il était aux aguets. Une vivacité sauvage scintillait de façon permanente dans ses yeux. Il était devenu rapide et nerveux. L'errance et le labeur l'avaient endurci. Que restait-il du commandant Piracci ? Rien. Il avait quasiment disparu de lui-même.

Il s'était assis sur cette place parce que l'air y était doux. Il avait décidé qu'il ne chercherait plus de travail. Cela aussi était derrière lui. « Que me reste-t-il ? pensa-t-il. La mendicité et l'attente. Je vais rester là tant que cela sera possible. Jusqu'à ma mort peut-être. Pourquoi pas ? Ici, ce n'est pas plus absurde qu'ailleurs. » Et il contemplait avec sérénité le grand marché bruyant qui l'entourait.

Au bout de quelques instants, il remarqua qu'un jeune homme était là, en face de lui, qui l'observait avec insistance. D'abord il baissa les yeux, pensant que l'autre finirait par partir, mais il continuait à sentir son regard peser sur lui. Alors il le contempla à son tour. C'était un jeune homme au visage maigre qui avait l'air timide. Il se tenait bien droit et n'avait pas détourné les yeux depuis qu'il était arrivé. Que voulait-il ? Qu'avait-il vu en lui qui l'arrêtait ainsi ?

D'un coup, le jeune homme s'approcha. Il était mal habillé. Il s'arrêta à quelques mètres, le salua de la tête avec politesse puis s'accroupit pour être à la même hauteur que lui et lui demanda :

— Massambalo ?

Le commandant fut stupéfait. Il comprenait ce que cela voulait dire mais ne savait que répondre. Massambalo. Il se souvenait du récit qu'il avait entendu la veille. C'était bien ce même nom, celui du dieu des émigrés qui lance à travers le continent des ombres pour veiller sur les peuples en souffrance. Que lui voulait le jeune homme ? Plus il cherchait en son esprit, plus il lui semblait impossible de répondre quoi que ce soit.

Le jeune homme continuait à le regarder et attendait manifestement un mouvement ou un geste de sa part. Le commandant sentait que quelque chose de définitif se jouait là, pour lui, dans l'air chaud de cette place. Allait-il consentir ou renoncer ? Il laissa la douceur environnante le traverser.

— Massambalo ?

Le jeune homme venait de répéter sa question. Salvatore Piracci cligna des yeux – comme pour congédier les ombres qui avaient envahi son esprit le temps de quelques secondes.

Il pensa que s'il acquiesçait, cela suffirait à rendre à cet homme la force qu'il n'avait plus. Puis il pensa à la cruauté qu'il y aurait à agir ainsi. Il allait conforter cet homme dans son désir de voyage. Et s'il échouait ? S'il mourait ? Salvatore Piracci savait bien qu'il n'était l'ombre d'aucun dieu et qu'il ne pourrait recommander cet homme à personne. Il savait bien que celui-là ne serait pas plus chanceux de l'avoir croisé et qu'il serait cruel de lui faire croire qu'il était dorénavant protégé par le regard bienveillant de la fortune. Et pourtant, il y avait ce regard qui l'avait frappé, un regard ample et décidé, un regard tout entier dans sa demande. C'était le même regard que celui de la femme du *Vittoria*, le regard de ceux qui veulent et qui iront jusqu'au bout de leurs forces.

Il repensa alors à sa vie sicilienne. Il avait été tant de fois la malchance pour ceux qu'il croisait. Il se souvenait de ces milliers d'yeux éteints qui se posaient sur lui lorsqu'il interceptait des barques de fortune. Il se souvenait de ces années où il n'avait vu que des visages fermés par la meurtrissure de l'échec. Il était maintenant de l'autre côté. Les hommes allaient peut-être continuer à mourir en mer, mais cela ne dépendait plus de lui. Il lui était donné de pouvoir souffler sur le désir des hommes pour qu'il grandisse. Il avait besoin de cela.

Depuis son arrivée en Libye, il savait qu'il ne trouverait aucune terre à sa convenance. L'Eldorado n'était pas pour lui. Il y avait cru un temps, mais il avait fini par comprendre que ce n'était pas cela qu'il recherchait, mais bien plutôt un évanouissement au monde. Face à ce jeune homme, il comprenait que l'Eldorado existait pour les autres et qu'il était en son pouvoir de faire en sorte qu'ils ne doutent pas de leur chance. Eux aspiraient à des pays où les hommes n'ont pas faim et où la vie est un pacte avec les dieux. La fièvre de l'Eldorado, c'est cela qu'il pouvait transmettre.

— Massambalo ?

Le jeune homme venait de poser sa question pour la troisième fois. Il sembla alors à Salvatore Piracci qu'il n'était parti de Sicile que pour cet instant. Sans le savoir, c'est vers cela qu'il était allé.

Lentement, sans dire un mot, il acquiesça de la tête.

Le visage du jeune homme s'illumina d'une lumière qu'il n'aurait jamais crue possible chez un être humain, puis il enleva lentement un petit collier de perles vertes qu'il avait autour du cou et le lui tendit, avec déférence, comme on tend un présent à un souverain que l'on craint d'offenser.

Salvatore Piracci le prit dans ses mains et, avec la même lenteur, le mit autour de son propre cou.

Après être resté un temps silencieux, tête baissée, le jeune homme se leva avec une sorte de sérénité majestueuse et prononça son nom, la main sur la poitrine : « Soleiman », dit-il doucement. Puis il regarda Salvatore Piracci une dernière fois et disparut. Il avait livré son amulette à une des ombres de Massambalo et partait dorénavant à l'assaut de l'Europe. Plus rien ne l'effraierait. Le dieu des émigrés veillait sur lui. Cela le rendait sûr de lui sans vanité, et courageux sans arrogance.

Salvatore Piracci le regarda disparaître. Il toucha du bout des doigts le collier de perles vertes qu'il venait de mettre à son cou. Il était bien.

Il attendit que la nuit tombe sur le marché et se leva. Il traversa les rues de la ville jusqu'à trouver une route qui s'enfonçait droit dans la nuit. Après la rencontre avec le jeune homme, il lui semblait évident qu'il ne pouvait pas rester à Ghardaïa. Il avait été l'ombre de Massambalo, il se devait maintenant de disparaître et d'aller chercher ailleurs d'autres voyageurs à contenter.

Il marcha d'un pas décidé. Les phares des voitures qui passaient en trombe à ses côtés l'éclairaient par intermittence. Beaucoup de camions quittaient Ghardaïa à cette heure. Le grondement des véhicules était assourdissant. Il avait hâte d'être bientôt au cœur de la nuit, dans le silence et l'oubli.

Il avait choisi cette route au hasard. Il ne savait même pas où elle menait. À contempler les étoiles, il lui semblait qu'il se dirigeait vers l'ouest mais il n'en était pas certain. Combien de temps mettrait-il avant d'atteindre un nouveau village, il ne le savait pas et cela n'avait pas d'importance. Seul comptait pour lui qu'il avait trouvé ce qu'il ferait désormais. Un calme profond l'habitait. De ville en ville, de pays en pays, il ne serait plus qu'une ombre qui donne courage aux hommes. La statue vivante aux pieds de laquelle on vient déposer des offrandes pour appeler à soi la clémence des dieux. Il serait bientôt couvert de colliers et de bracelets, et errerait sur tout le continent comme un brahmane silencieux. Il n'y avait qu'ainsi qu'il pouvait encore appartenir au monde.

Il marchait dans la nuit, sans fatigue, sans impatience. Les camions le dépassaient dans un brouhaha de moteur, klaxonnant parfois, en soulevant de lourds nuages de poussière qui le faisaient tousser. Il pensait à l'homme qu'il avait été dans les rues de Catane. Il pensait à la femme du *Vittoria*, qui avait tout déclenché par la volonté brutale de son regard. Il la remercia en son esprit. Il était bien. Il ne sentait plus la lourdeur de ses jambes.

C'est alors qu'il choisit de traverser la route. Le bas-côté opposé était moins accidenté et il lui sembla qu'il serait plus aisé d'y marcher. Il traversa. Sans pensée. Laissant la nuit le guider.

Lorsqu'il fut au milieu de la route, il leva la tête en sursaut. Un camion était là qui fonçait droit sur lui, en klaxonnant. Il ne vit que les phares, deux yeux béants sortis de la nuit qui grossissaient sans cesse. Pendant une fraction de seconde, il se sentit comme un chien imbécile au milieu de la chaussée. Il eut le temps de penser qu'il ne pourrait pas se soustraire au choc. Le véhicule allait trop vite. Ses jambes ne bougeaient pas. Il ne put que contracter ses muscles, dans un souci dérisoire d'amortir la violence de la collision. Il entendit encore le klaxon qui déchirait les airs et les crissements de pneus tandis que le chauffeur freinait à toute force. Puis ce fut le choc.

Il se sentit enfoncé dans tout le corps et projeté violemment au loin. Tout s'obscurcit. Il perdit connaissance.

Des minutes ou des heures passèrent. Puis un mince filet de conscience courut à nouveau en lui. Tout s'était éteint dans son corps. Il ne voyait plus rien, ne sentait plus rien. Seul son esprit continuait à vivre. « Je ne suis pas mort », pensa-t-il. Et il en fut étonné. Il n'avait mal nulle part, comme si son corps n'existait plus.

C'est alors que des voix lui parvinrent, lointaines et confuses. On se penchait certainement sur sa dépouille. Le chauffeur du camion, peut-être, ou d'autres. On ne le touchait pas, ni ne lui parlait. Il devait être dans un horrible état pour que les hommes, autour de lui, n'essaient même pas de le sauver : broyé par la violence de l'impact ou défiguré peut-être.

« Je vais mourir, pensa-t-il tandis qu'au loin, il entendait encore le vacarme des hommes. Là. Sur cette route dont je ne sais même pas où elle mène. De nuit. Fauché par un camion. Comme un chien. »

Il sentit que la fin était proche. Son esprit vacillait. Il ne voyait plus rien, n'entendait plus que de sombres bourdonnements. Son esprit avait encore la vivacité de poursuivre quelques idées, de faire jaillir quelques images, mais il sentait que cela ne tarderait pas à se tarir. C'était comme un dernier bouquet de vie avant le néant.

Un long spasme lui déchira tout le corps. Des lumières aveuglantes surgirent devant ses yeux et inondèrent son esprit. Il était assailli d'éclats lumineux. Tout se brouillait. Il lui sembla alors entendre les longues notes de la sirène de sa frégate. Ces sons tristes et puissants, qu'il avait fait retentir durant la tempête pour saluer les morts, résonnaient à nouveau, mais pour lui seul, cette fois. « Est-ce que ce sont mes hommes qui me disent adieu ? » se demanda-t-il. Cette idée l'apaisa. C'était signe qu'on le voyait disparaître, qu'il ne mourrait pas dans l'oubli.

Il repensa à l'ombre de Massambalo et sourit. S'il était effectivement cette ombre, alors il était juste de disparaître : les ombres du dieu des émigrés ne peuvent être vues qu'une fois, après quoi elles s'évanouissent. Il revit le visage de ce jeune homme qui lui avait demandé avec une voix claire s'il était Massambalo. Soleiman. C'était ainsi qu'il s'appelait. Soleiman.

« Les hommes du camion... », se murmura-t-il à lui-même. Il pensait que ce camion qui l'avait renversé transportait probablement des émigrants. Il avait été écrasé par un de ces milliers de camions qui partent à l'assaut de la citadelle. Cela lui plaisait. « Approchez », dit-il doucement. Il ne savait pas si des hommes effectivement l'entendaient ou s'il n'était entouré que de visions, mais il appela. « Approchez. » Sa supplique montait fragilement de son corps fracassé. « Ne perdez pas de temps, leur dit-il. Laissez-moi ici. Cela n'a pas d'importance. » Il se sentait traversé de mille sursauts. Il parlait à la terre et aux peuples en souffrance. Il parlait pour laisser à la poussière quelques mots en héritage. Il voulait que sa voix coure le long des routes et des sentiers. L'Eldorado était là. Il ne fallait pas tarder. Son corps resterait sur le bord de la route, comme la carcasse d'une vache que le vent caresse jusqu'à l'éparpillement. C'était juste. Que les camions roulent dans la nuit. Il ne fallait pas renoncer au voyage. L'Eldorado. Il avait ce mot sur les lèvres. Il convoqua la foule des visions qui l'assaillaient et il parla avec une volonté qu'il ne s'était plus connue depuis des années. Il leur dit de partir, sans attendre, à l'assaut des frontières. De tenter leur chance avec rage et obstination. Que des terres lointaines les attendaient. Oui, c'est cela qu'il murmura à la poussière. Que l'Eldorado était là. Et qu'il n'était pas de mer que l'homme ne puisse traverser.

Puis il mourut.

Le bruit d'un camion qui démarrait fit trembler l'obscurité, emportant avec lui des hommes qui s'élançaient à la conquête des frontières.

Il ne restait plus que la vaste nuit d'Afrique, indifférente aux hommes et à leur souffrance, soucieuse du seul cri des oiseaux qui fait frissonner les arbres centenaires. Salvatore Piracci gisait près de cette route sèche, le corps disloqué.

Il ne laissait rien derrière lui. Rien d'autre que des vêtements qui sentaient encore un peu l'essence et les restes éparpillés du collier que lui avait donné Soleiman. Le choc l'avait brisé. Des perles vertes avaient roulé tout autour de lui. Des perles vertes qui ne tarderaient pas à scintiller avec les premières lueurs du jour, et à dessiner, fragilement, à terre, l'emplacement d'un tombeau ouvert.

Table

Dans la même collection

Laurent Gaudé
Le soleil des Scorta

La lignée des Scorta est née d'un viol et du péché. Maudite et méprisée, cette famille est guettée par la folie et la pauvreté. À Montepuccio, dans le sud de l'Italie, seul l'éclat de l'argent peut éclipser l'indignité d'une telle naissance. C'est en accédant à l'aisance matérielle que les Scorta pensent éloigner d'eux l'opprobre. Mais si le jugement des hommes finit par ne plus les atteindre, le destin, lui, peut les rattraper. Le temps, cette course interminable du soleil brûlant les terres de Montepuccio, balayera ces existences de labeur et de folie.
À l'histoire de cette famille hors du commun se mêle la confession de sa doyenne, Carmela, qui résonne comme un testament spirituel à destination de la descendance.
Pour que ne s'éteigne jamais la fierté, cette force des Scorta.

JL 8254

8864

Composition
NORD COMPO

Achevé d'imprimer en Espagne
par CPI
le 27 octobre 2015.
1ᵉʳ dépôt légal dans la collection : février 2009
EAN 9782290006542

ÉDITIONS J'AI LU
87, quai Panhard-et-Levassor, 75013 Paris

Diffusion France et étranger : Flammarion